행성

행성

2

베르나르 베르베르 장편소설
전미연 옮김

제2막

극한의 공포

(계속)

35

앉은 자리에서 하는 여행

엄마는 이 말을 늘 입에 달고 살았다. 〈아무 일도 일어나지 않는 것은 끔찍한 일이 벌어질 전조란다.〉

비가 그칠 줄 모르고 내린다.

대군을 거느린 간악한 두 적장이 대체 무슨 모의를 하고 있는 걸까?

프리덤 타워의 분위기는 착 가라앉아 있다.

그나마 히피족이 자리 잡은 68층이 제일 활기가 넘친다.

사람들이 북적거리는 방으로 들어가 보니 배가 불룩하고 머리는 코끼리처럼 생긴 인간 남성의 조각상이 하나 놓여 있다. 얼른 ESRAE에서 찾아보니 지혜와 행운을 가져다주는 힌두교 신 가네샤라고 한다.

곳곳에 피워 놓은 향, 음악을 연주하는 장발의 인간들,

화려한 색으로 포옹 중인 커플을 묘사한 이미지들이 독특한 분위기에 일조하고 있다.

사람들은 바닥에 방석을 깔아 놓고 몸을 흐느적거리며 꽃향기가 나는 담배를 피우고 있다. 스피커에서 흘러나오는 음악도 내가 듣던 요한 제바스티안 바흐의 멜로디와는 전혀 다르다.

방을 휘둘러보던 중 나는 인간들 사이에서 아들 안젤로를 발견하고 깜짝 놀란다. 녀석이 여자 친구인 킴벌리와 담배를 피워 물고 있는 게 아닌가.

나는 부리나케 달려가 소리를 꽥 지른다.

「이게 대체 뭐니, 안젤로? 이게 무슨 짓이냐고?」

「어차피 우린 곧 죽을 운명이에요, 엄마. 좋은 시간이나 보내다 가려고요. 마지막 순간은 즐기다 가고 싶어요. 이건 캣닙이라고, 피우고 있으면 긴장이 풀어지고 구름 위에 떠 있는 것같이 몸이 가볍게 느껴져요. 음악도 더 달콤하게 들려요. 킴벌리가 가르쳐 줬어요.」

「캣닙이라고? 그건 마약이야!」

「그렇게 화내지 말고 긴장 풀어요, 엄마. 모르면서 그렇게 말하지 마세요. 일단 한번 해보면 생각이 달라질 거예요.」

이 멍청한 아들 녀석이 덜떨어진 소리만 하더니 이젠

대놓고 엄마한테 마약을 권하네! 이놈을 어떻게 해야 하나.

나는 알아듣게 가르치려고 애를 쓴다.

「삶이 멈추지 않는 한 희망 또한 사라지지 않아. 냉철한 사고만 가능하면 우린 어떤 상황에서도 버틸 수 있어. 그런데 네가 피우고 있는 그 캣닙이 바로 냉철한 사고를 가로막는다는 걸 알아야지.」

「한 모금 빨 때마다 괴로운 생각들이 머리에서 날아가요. 행복감이 밀려와요. 그러면 음악과 킴벌리에게 그냥 나를 맡기면 돼요.」

안젤로가 한 모금 깊게 빨아 삼키더니 콧구멍으로 연기를 내뿜는다. 곁에서 킴벌리가 털을 핥아 주자 아들이 소스라친다.

「킴벌리 표현이 지금 상황에 딱 맞아요. 〈내려놓기.〉 엄마도 알다시피 우린 최선을 다해 적과 싸웠어요. 엄마는 자신에게 주어진 역할 이상을 해냈죠. 위험을 무릅쓰고 적진에 뛰어들었다 죽을 뻔했잖아요. 이젠 다 소용없게 됐어요. 쓸데없이 힘 빼지 말고 패배를 인정해요.」

애가 어제까지만 해도 거칠고 호전적이던 그 안젤로 맞아? 별소릴 다 하네.

「걱정은 내려놓고 한번 피워 봐요. 다른 건 다 잊어버

11

리고…….」

이번에는 안젤로가 킴벌리를 핥아 주자 암고양이가 갸르릉 소리를 낸다.

「안젤로, 넌 이 엄마를 잘 모르는 것 같구나…….」

「아니요, 엄마를 모르는 건 엄마 자신이에요. 엄마는 모든 걸 통제하고 싶어 하죠. 그래서 괴로운 거예요. 저 길 봐요, 에스메랄다도 피우고 있잖아요.」

아들의 발이 가리키는 곳에 내 라이벌이었던 고양이가 늘어져 누워 있다. 그녀가 옆에 있는 인간에게서 캣닙 한 대를 건네받아 힘껏 빨아들인다.

더 믿기지 않는 장면은 담배를 입에 물었다 뺐다 하면서 콜록거리고 있는 힐러리 클린턴이다. 평소의 엄숙함은 온데간데없이 그랜트 장군과 킬킬거리고 있다.

나만 빼고 모두가 두 손 두 발 들었구나.

ESRAE에서 마약의 원리가 도파민을 분비해 일시적인 행복감을 주는 것이라고 읽은 적이 있다. 그런데 이 효과가 사라지고 나면 도파민 금단 현상이 생겨 도리어 고통을 느끼게 된다고, 처음에 느낀 행복감에 비해 고통은 훨씬 더 오래 지속된다고 했다.

모든 것에는 대가가 따르게 마련이다. 잠깐의 쾌락을 누린 대가로 오랫동안 우울함에 빠지는 사람이 어디 한

둘인가.

게다가 마약은 기억력의 감퇴를 불러온다. 습관적으로 마약을 복용하다 보면 세세한 일을 기억하지 못하게 된다. 나라는 고양이는 누구보다 내가 잘 안다. 그렇지 않아도 편집증적 기질을 타고났는데 증세가 더 심해질 게 분명하다.

하지만 지금처럼 불안한 시기에는 누구나 유혹에 빠지기 쉽다. 게다가 〈폴〉 작전의 실패로 의기소침해져 나 자신에 대한 믿음마저 흔들리고 있지 않은가. 마약을 거부하던 확고한 생각도 덩달아 흔들리기 시작한다.

내가 혹시 잘못 생각하고 있었던 건 아닐까?

아들 말이 맞는지도 몰라. 시도도 해보기 전에 속단하면 안 돼.

「좋아. 어떻게 하는 건지 가르쳐 주렴.」

「로망한테 배우세요.」

기다렸다는 듯이 로망 웰즈가 나타난다.

로망마저 포기했단 말이야?

나탈리와의 불화 때문인 줄은 알지만, 그는 태어날 아기를 위해 끝까지 싸워 주길 바랐는데…… 그런데 아니었어……. 그도 현실 도피를 택했어.

「로망! 로망도 피워요?」

「베트남 전쟁 때가 딱 이랬지. 전쟁 막바지에 이르러 군인들이 더 이상 희망이 없다는 걸 인식하자 마약을 하기 시작했어. 진실에 직면하는 게 두려웠던 거야.」

「하지만 당신은 다르잖아요. 당신은 아빠가 될 사람인데!」

「글쎄, 아닐 것 같은데…….」 그에게서 한 번도 들어 보지 못한 냉소적인 어조로 로망이 말한다. 「어차피 우린 다 쥐들에게 잡아먹힐 운명이잖아.」

결국 모두가 포기하고 말았다.

「자자, 엄마, 어서 한 대 달라고 해요.」 안젤로가 곁에서 재촉한다.

내 대답도 듣기 전에 벌써 로망이 종이 위에 말린 캣닙을 펼쳐 놓고 담배 모양으로 돌돌 말고 있다.

「엄마, 미리 경고하는데, 머리가 팽 돌 거예요.」

「별거 아닐 거야. 난 샴페인도 마셔 봤는걸.」 내가 큰소리를 친다.

그런데 이 순간 킴벌리의 시선이 의식된다. 그녀가 소리 내 웃을 것 같은 표정으로 나를 안쓰럽게 쳐다보고 있다.

「그렇다면야 뭐. 곧 알게 되겠지만 샴페인과 〈거의〉 비슷한 수준이에요.」

안젤로가 시범을 보인다. 담배를 물고 연기를 쭉 빨아들여 폐 속에 최대한 오래 가뒀다가 콧구멍이나 입으로 천천히 내보내라고 가르쳐 준다.

「엄마가 인간처럼 되고 싶으면 당연히 이런 것도 해봐야죠.」아들은 엄마가 마약에 도전하는 모습이 뿌듯한 눈치다.

나는 아들이 시키는 대로 담배를 한 모금 빤다. 연기가 입 속으로 들어오는 순간 목구멍이 따끔하면서 나도 모르게 콜록, 기침이 나온다.

「잘하셨어요, 조금 쉬었다 다시 한번 해보세요.」킴벌리가 코치를 해준다.

그런데 이게 웬일이야. 갑자기 스피커에서 나오는 음악이…… 달착지근하게 들리기 시작한다.

이번에는 조금 더 깊이 빨아 본다. 아까보다 기침이 덜하다.

그리고 세 번째 시도.

연기가 닿자 목과 가슴 속이 화끈거리기만 할 뿐 그다지 기분 좋은 경험은 아니다.

「첫날은 이걸로 충분해요. 더 하면 구토가 치밀지도 몰라요.」안젤로가 전문가인 양 말한다.

나는 뒷다리를 바닥에 대고 앉아 난생처음 해보는 방

식으로 음악을 감상한다.

로망을 올려다보며 내가 묻는다.

「이건 무슨 노래죠?」

「레드 제플린 노래야. 제목은 〈천국으로 가는 계단〉.」

캣닙 효과 때문일까, 갑자기 칼라스나 바흐보다 레드 제플린이 좋다는 생각을 하면서 나는 눈을 감는다. 머릿속에 꽃 수백 송이가 솟아난다. 드럼 소리가 쿵쾅댈 때는 꽃봉오리가 막 터질 듯이 부풀어 오른다. 그 속에서 나비들이 나와 하늘로 날아오른다.

「어때요, 엄마? 긴장이 좀 풀리죠?」

연이어 다른 노래가 귀에 들려온다.

「이것도 같은 목소린데, 제목이 뭐예요?」

「〈카슈미르〉라고, 인도 음악의 영향이 느껴지는 곡이지. 이 소리는 시타르 연주야.」 로망이 눈을 감은 채 설명해 준다.

「좋죠? 마음이 편안해지죠? 그렇죠?」 안젤로가 동의를 구하려고 애쓴다.

그래, 긴장을 풀란 말이지…… 서서히 하루의 긴장이 사라지더니 킴벌리 표현대로 진정한 〈내려놓기〉에 도달한 느낌이 든다. 낯설고 반복적이고 끈덕진 멜로디에 나를 온전히 맡긴다.

나는 로망 쪽으로 고개를 틀며 말한다.

「꼭 나탈리와 대화를 시도해요. 그 아기를 지켜야 해요. 당신들 둘의 유전자가 섞였으니 멋진 작품이 나올 거예요. 그 아기는 세상에 태어나야 해요.」

「너는 나탈리가 어떤 사람인지 잘 몰라. 아주 매정해. 질투를 받아 주는 것도 이젠 힘들어.」

「두려워서 그러는 거예요. 그녀를 안심시켜 주기만 하면 돼요.」

「지금까지 그렇게 했어. 그런데 밑 빠진 독에 물 붓는 격이었어. 아무리 해도 그녀는 채워지지 않아. 항상 더 많은 사랑, 더 많은 칭찬, 더 많은 응원을 해줘야 해. 난 내가 할 수 있는 최선을 다했어. 아기가 생겼다고 그녀가 변할 것 같진 않아. 도리어 그것 때문에 더 마음을 닫은 것 같아.」

마약 효과 탓인지, 내가 남의 연애에 이러쿵저러쿵 개입하는 게 잘못이라는 생각이 문득 든다. 둘의 관계가 좋거나 나쁜 것은 어차피 다 비합리적인 이유 때문이야. 커플 관계에서 어떤 의미를 발견하려는 것 자체가 무의미하지.

생각이 꼬리에 꼬리를 물더니 갑자기 내 야심 찬 계획에 대해서조차 회의가 들기 시작한다. 세상을 구하겠다? 오만이야. 내가 무슨 자격으로 남의 일에 끼어들지? 이러면 어떻고 저러면 어때. 어차피 다 부질없는 짓이야. 지금처럼 음악이나 들으면서, 세상 돌아가는 일에 관심을 끊고 편안하게 쉬는 게 제일이야.

그나마 음악이 위로가 된다. 캣닙이 내 귀의 감각을 변화시켜 놓은 탓일까. 예전 루브르의 그림들이 그랬듯이 낯선 노래들이 감정의 격랑을 일으킨다.

가네샤 조각상 밑에서 킴벌리에게 몸을 밀착시키고 있는 아들 안젤로가 느낄 행복감을 이해할 것 같다.

에스메랄다가 곁으로 다가오며 묻는다.

「괜찮아?」

「걱정했던 것만큼 효과가 격렬하진 않나 봐.」

말이 씨가 된다더니, 갑자기 구토가 올라온다. 별안간 세상이 달라진다. 에스메랄다의 얼굴이 쥐로 돌변해 나는 흠칫 몸을 뒤로 뺀다.

「정말 괜찮은 거야?」

그녀가 앞으로 바짝 다가오는데, 코는 길어져 있고 뾰족하던 귀는 동글동글하고 앞니 두 개는 송곳처럼 길쭉하다.

이럴 줄 알면서 마약에 왜 발을 대가지고.

「상태가 안 좋아 보여요.」

등 뒤에서 야옹거리는 소리가 들려 몸을 돌려 보니 아

들 안젤로가 서 있다. 오렌지색 몸통 위에 쥐의 머리가 얹혀 있다.

주변에 있는 고양이들의 모습이 달라진다. 엉덩이는 동그스름해지고 얼굴은 쪼뺏해지고 털이 탐스럽던 꼬리는 길고 매끈한 분홍색으로 변한다.

사방에 온통 쥐들뿐이다.

나는 겁에 질려 로망 쪽으로 도망친다. 등과 뒤통수를 보이던 그가 나를 향해 몸을 트는 순간, 나는 괴성을 지른다. 그의 얼굴도 쥐로 변해 있다.

모두가 쥐로 변했어.

고양이들의 야옹 소리와 인간들의 말소리가 혐오스러운 휘파람 소리로 바뀐다. 다들 나를 비웃으며 쳐다보고 있다.

유일하게 나만 쥐로 변하지 않았다.

적들이 나를 에워싼다. 나를 해치려 한다.

나는 한쪽 구석으로 달아나 몸을 웅크린다.

「엄마가 우릴 무서워하는 것 같아요.」 안젤로가 다가와 길쭉해진 코를 들이민다.

「저리 가! 가까이 오지 마!」

내가 앞발을 휘두르며 소리쳐도 다들 거리를 좁히며 다가든다. 몸이 바들바들 떨린다.

「우리야, 무서워하지 마.」 에스메랄다가 기다란 분홍색 쥐 꼬리로 바닥을 탁탁 치면서 말한다.

「오지 마! 너희들은 쥐야!」

나는 비상계단을 통해 곧장 104층 꼭대기까지 달려 올라간다.

여기도 쥐 머리를 단 고양이들과 인간들이 가득하다. 나는 살기 위해 테라스로 뛰쳐나가 폭우 속에 안테나를 기어오른다.

문득 안테나가 피뢰침 역할을 한다는 게 생각나지만 지금은 이것저것 가릴 계제가 아니다.

어차피 죽는다면 쥐들의 앞니에 물어뜯기기보단 벼락을 맞는 쪽을 택하겠어.

겨우 발만 올릴 수 있는 평평한 곳을 찾아 잠시 숨을 돌리며 아래를 내려다본다. 정신이 아찔해지면서 내가 정말 높은 곳에 와 있음을 실감한다. 고소 공포증이 없어 천만다행이다. 발아래 펼쳐진 뉴욕 전경을 바라보고 있으니 기분 전환이 된다.

한데 내 뇌에 대한 통제력을 잃었다는 생각이 드는 순간 당혹감이 밀려온다.

마약에 발을 댄 건 큰 실수였어.

여긴 쥐로 변한 인간들과 고양이들로부터 안전한 곳

이야. 뉴욕의 지상과 지하를 점령한 쥐 떼로부터도 안전한 곳이야.

나는 정신을 갉아먹는 마약의 연기가 뇌에서 빠져나가길 기다리며 빗속에서 불편한 쪽잠을 청한다.

몸을 뒤척이며 요란한 꿈을 꾼다.

마침내 세상이 쥐들에게 점령당한 꿈.

동물원이 보인다.

우리 안에 인간들이 갇혀 있다. 발가벗은 몸에 지저분한 몰골이다. 〈현재는 사라진 과거의 동물 종〉이라고 큼지막하게 적힌 팻말이 창살 앞에 붙어 있다.

그 밑에 작은 글씨로 이렇게 쓰여 있다. 〈음식을 던져주지 마세요. 창살을 흔들면 동물들이 흥분해 날뛸 수 있으니 자제해 주시기 바랍니다.〉

여기서 조금 떨어진 곳에 낯익은 동물들이 들어 있는 우리가 하나 더 보인다.

〈난폭한 종이므로 각별한 주의가 필요합니다. 고양이들이 달려들어 물거나 발톱을 휘둘러 다칠 수 있으니 부모님들은 아이들이 우리 가까이 다가가지 않게 해주세요.〉

36
동물 세계의 마약

고양이는 (개박하라고도 불리는) 캣닢에 민감하게 반응한다. 이 풀에는 고양이에게 마약과 유사한 효과를 일으키는 성분이 들어 있다. 캣닢을 먹은 고양이는 사냥하는 시늉을 하기도 하고 몸을 늘여 바닥에 비벼 대기도 하며, 마구 뛰어다니거나 침을 흘리기도 한다.

재규어는 아마존 지역의 샤먼들이 접신을 위해 마시는 술인 아야와스카에 들어가는 칡을 씹어 먹는데, 이 식물에는 디메틸트립타민이라는 강한 환각제 성분이 들어 있다.

야생 양의 한 종류인 무플론은 틈만 나면 뜯어 먹을 정도로 황기에 중독 증세를 보인다.

순록은 광대버섯 같은 종류의 버섯을 좋아한다. 이런 버섯이 일종의 환각을 유발하기 때문이다. 순록은 버섯이 입에 들어가면 흥분해서 정신없이 사방으로 뛰어다닌다. 그러다가 이동하는 무리에서 이탈해 길을 잃기도 한다. 이 버섯을 먹은 순록의 오줌을 마셔 간접 효과를 맛보는 순록들도 있다.

아프리카에 사는 코끼리는 이보가라는 작은 관목의 잎을 뜯어 먹는데, 이걸 먹고 나면 코를 좌우로 더 세게 흔들고 싶어진다고 한다.

캥거루의 친척 격인 왈라비는 (아편의 원료인) 양귀비를 즐겨 먹는다. 꽃이 입에 들어가면 왈라비는 쉬지 않고 제자리에서 뺑뺑 돈다.

마다가스카르에 서식하는 붉은이마여우원숭이는 지네를 씹어 나오는 즙을 항문에 바른다. 이 즙은 기생충 예방 효과가 있지만 발암 물질이 들어 있기도 하다.

캐나다 참새는 발효된 과일을 좋아해 취할 때까지 먹는다고 한다.

돌고래는 복어를 좋아한다. 돌고래들끼리 입으로 주고받으며 씹어 먹는 동안 복어의 몸에서는 테트로도톡신이 나온다. 이 물질은 다량 섭취하면 죽음에 이르는 치명적인 독성 물질이지만, 소량만 섭취할 경우 일시적인 마비나 환각 상태에 빠질 수 있다. 복어 독에 취한 돌고래들은 수면 근처에 힘없이 떠 있거나 물에 비친 자기 그림자에 이끌린다고 한다.

『상대적이며 절대적인 지식의 백과사전』 제14권

37

착륙

햇살의 미지근한 온기가 눈꺼풀에 닿아 잠이 깬다.

고층 건물들 너머 수평선에서 환하게 동이 튼다.

지붕 여기저기서 담배를 말아 피우는 인간들이 눈에 띈다.

그러니까 나는 꿈을 꾼 게 아니었어.

어젯밤 배드 트립[1]을 한 탓인지 머리가 깨질 듯이 아프다.

여기서 뉴욕 시내를 내려다보는 기분은 파리 몽마르트르에서와는 전혀 다르다. 공포부터 느껴진다.

한 가지 생각이 떠오를 듯 말 듯 하면서 윤곽이 잡히지 않는다. 중요한 생각인 것 같은데 머릿속에 뿌옇게 안개

---

1   마약 등에 의한 불쾌한 체험이나 악몽. 이하 모든 주는 옮긴이주이다.

가 껴 있다.

　지금 내가 보고 있는 이 도시와 연관이 있는 게 분명한데, 대체 뭘까?

　아! 하마터면 큰일 날 뻔했네! 하늘이 말끔히 갰잖아! 적들이 방화 공격을 재개해 올지 모른다는 뜻이야!

　나는 부리나케 안테나를 타고 내려간다. 밤사이 본래 모습으로 돌아온 고양이들과 인간들이 나른한 표정으로 삼삼오오 모여 앉아 있다.

　안젤로가 제일 먼저 나를 발견하고 달려온다.

　「엄마! 걱정돼서 사방으로 찾아다녔잖아요. 아무래도 엄마가 경착륙한 모양이에요.」

　나는 못 들은 척 계단을 내려가 컴퓨터 전문가들이 모여 있는 5층으로 향한다.

　「그래도 솔직히 기분 좋았죠? 역겹다고 생각하는 건 아니죠?」

　두 번 다시 마약을 하는 일은 없을 거야.

　안젤로가 뒤따라 내려오며 내 뒤통수에 대고 뭐라고 조잘거린다.

　뭐가 씌었던 게 분명해. 그렇지 않았다면 이상한 담배를 맛보라는 아들의 조언에 귀를 기울였을 리가 없지.

　여전히 이상야릇한 느낌이 몸에 남아 있다.

현기증이 일면서 머리가 팽 돈다.

앞으로 캣닙 따윈 거들떠보지도 않을 거야.

내 인지 능력을 훼손하는 향정신성 물질은 어떤 것도 가까이하지 않을 거야.

현실에서 탈출하려고 하지 않을 거야.

나는 털까지 스며든 마약의 찌꺼기를 없애기 위해 몸을 핥아 닦는다.

섬망의 기억을 말끔히 지우고 싶어 정신없이 혀를 놀린다.

혀끝이 알알하고 머리가 띵해지면서 속이 메스껍다.

내려가는 길에 그랜트 장군의 부족이 머무는 71층을 슬쩍 들여다본다. 깔끔하게 정리 정돈된 모습이 인상적이다.

나는 프랑스인들이 머무는 69층에 이르러 안으로 들어간다. 나탈리는 아직 자리에 누워 있다.

나는 몸을 말고 집사의 옆구리에 기대어 눕는다.

「이제 죽음을 기다리는 일만 남았네요.」 내가 먼저 말을 건다.

「나는 폴이 우리를 배반했을 거라고 생각하지 않아. 그가 제3의 눈을 달고 귀환한 걸 보고 쥐들이 그를 죽인 걸 거야.」

「내 죄책감을 덜어 주려는 말인 거 알아요. 고마워요.」

「성공에 대한 보장이 없는 줄 알면서도 우린 늘 최선을 다하지.」 나탈리가 덧붙인다.

나는 아무 말 없이 방 안에 있는 프랑스인들을 바라본다. 몇몇이 춤을 추고 있는 모습이 초현실적으로 느껴진다.

「로망과 얘기를 해봤는데, 당신을 사랑한대요. 그리고 아기를 지키고 싶대요.」

「그에게 내 임신 사실을 알렸단 말이야?!」

「난 두 사람 다 좋아해요. 당신들 소통에 문제가 있는 것 같아 내가 돕고 싶었어요.」

「네가 뭔데 나서는 거야?」

그녀가 몸을 일으키며 나를 옆으로 세게 밀친다. 이렇게 매몰찬 모습은 처음이라 당혹스럽다.

중재자에 대한 대접이 이거야?

「넌 네가 무슨 대단한 존재라도 되는 줄 알지? 넌 일개 고양이에 불과해. 그러니까 우리 인간들의 일에 끼어들지 마!」

「하지만······.」

「딱한 바스테트! 너에 대한 내 생각을 솔직히 말해 줄까? 넌 거만함이 도를 넘어도 한참 넘어. 잘난 척할 줄만 아는 무능한 고양이지. 너는 나쁜 엄마고, 나쁜 연인이고, 나쁜 고양이라고! 주제에 야망은 또 얼마나 큰지, 지도자가 되고 싶어 하지. 주변을 들쑤시면서 말이야!」

그녀가 자리에서 일어나더니 몸을 팽 돌려 가버린다. 대화를 끝내자는 뜻이다. 집사의 뒷모습을 바라보며 한숨을 내쉬고 있자니 엄마가 했던 말이 떠오른다. 〈남을 도와주는 건 결코 쉬운 문제가 아니야. 상대가 입으로는 도와 달라고 하면서 실제로는 도움을 바라지 않는 경우가 많거든. 왜 그런지 알아? 자신이 처한 상황과 일체화했기 때문이야. 자신이 역경과 맞닥뜨린 영웅이라 생각하고 있는데, 누가 그 역경을 없애 주겠다고 나서 봐. 그러면 더 이상 자신이 만들어 낸 신화의 주인공이 될 수 없잖아. 남을 돕기 전에 먼저 잘 생각해 보렴. 상대가 자기를 도와주는 너를 용서해 줄지.〉

돌이켜 보니 엄마는 정말 대단한 통찰력의 소유자였다. 게다가 실천력까지 뛰어났다. 엄마는 말만 그렇게 한 게 아니라, 정말로 남을 도와준 적이 한 번도 없었다. 그래서 나도 아주 어릴 때부터 부모 도움을 기대해서는 안 된다고 생각했다. 아빠라는 존재는 엄마를 배부르게만 해놓고 사라졌고, 엄마는 철저한 이기주의자였으니까. 물론 그 덕분에 오늘의 내가 있게 된 거지만. 그런 내가 뒤늦게 인간들한테 나쁜 영향을 받아 공감 능력을 가지게 됐다. 남의 고통에 민감하다 못해 가끔은 내 일처럼 느끼며 괴로워하기도 한다. 그래서 지금처럼 도움을 주려고 발 벗고 나서게 된다.

그런데 그게 한계가 있다는 걸 이번에 뼈저리게 느꼈다.

가까운 사이일수록 도움을 주는 게 더 어렵다.

나는 꽝꽝 울리는 음악 소리와 몸을 흔들어 대는 사람들을 아랑곳하지 않고 혼자 구석에 앉아 쥐 넓적다리를 씹어 먹는다. 현실을 떠나 공상에 빠져든다.

성경엔 이런 말이 쓰여 있지. 〈모든 것이 헛되다.〉

성경 구절을 곱씹다 보니 자연스럽게 고양이 성경으로 생각이 옮겨 간다. 「창세기」 분위기를 계속 이어서 이렇게 시작해 보면 어떨까.

〈태초에…….〉

이때 멀리서 크게 나를 부르는 목소리가 들린다.

「바스테트!」

로망 웰즈 교수의 목소리다.

뭐 궁금한 게 있어 날 찾나 보다 하다가 멈칫한다. 이 양반은 또 무슨 난리를 치려는 걸까.

그가 나를 찾아 사방을 두리번거린다.

미래의 자기 아이에 대한 얘기를 하려는 걸 거야. 나탈리를 좀 더 끈질기게 설득해 달라고 말이야. 하지만 나도 할 만큼 했어. 더 이상은 못 해.

정신 사납게 왔다 갔다 하는 그를 보면서 나는 다소 엉뚱한 생각을 떠올린다. 로망을 나의 필경사로 삼아 보면 어떨까.

「바스테트! 바스테트, 어디 있니? 어디 있는 거야?」

사실 로망이 나탈리보다 낫지. 나한테 먼저 글을 배워야 한다고 요구하지 않을지도 몰라. 그래, 한번 진지하게 고려해 보자.

〈태초에…….〉

그가 드디어 나를 발견하고 헐레벌떡 뛰어온다. 나는 빤히 쳐다보기만 할 뿐 야옹, 하고 인사조차 건네지 않는다.

「어서 가자, 바스테트! 따라와!」

「또 무슨 일인데 그래요? 나탈리 얘기라면 난 이미 할 만큼 했어요. 소득이 없는 게 아쉽지만.」

「폴 말이야!」

폴?

나는 로망을 뒤따라 5층까지 휘달려 내려간다.

「폴이 너하고만 얘기를 하겠대.」 스크린 앞에 앉아 있던 실뱅이 상기된 얼굴로 나를 돌아본다.

「무슨 일이에요?」

「사실은 탈출한 폴의 위치를 쭉 추적하고 있었어. 그가 가진 제3의 눈에 위치 추적 기능을 심어 놓았거든. 자유의 여신상 받침대에서 계속 신호가 잡혀 그 반경에 드론을 한 대 띄우고 관찰 중이었는데 오늘 아침 그에게서 메시지가 도착했어. 번역해 보니 〈바스테트와 할 얘기가 있어요〉라는 뜻이라서 급히 로망한테 너를 찾아 데려오라고 한 거야.」

나는 의자에 자리를 잡고 앉는다.

방에 있는 사람들이 대화를 들을 수 있게 실뱅이 스피커를 켠다.

「무사한 거죠, 폴? 나한테 할 말이 있다고요?」

「바스테트, 당신한테 알려 줄 소식이 있어 연락했어요. 먼저 그동안 벌어진 일부터 간단히 얘기할게요. 내가 돌아오니까 동족들은 내가 당신들한테 매수된 스파이라고 의심해 죽이려고 했어요. 그래서 티무르를 방패로 삼았죠. 나처럼 제3의 눈을 가진 쥐가 한 마리 더 있으면 쥐세계에 큰 이익이 되지 않겠냐고 설득한 다음 이중 스파이 노릇을 하겠다고 제안했어요. 당신들 편인 척하면서 잘못된 정보를 흘려 당신들을 혼란에 빠트리겠다는 구체적인 계획까지 밝혔어요. 당신들이 알아서 항복하게 만들 수 있다고 장담했죠. 나에 대한 처리를 놓고 알 카포네와 티무르가 거친 언쟁을 벌였어요. 티무르는 내 특수한 조건을 알 카포네에게 설명하고 내가 쥐 세계의 귀중한 자산임을 설득했죠. 자신이 죽더라도 인터넷에 접속할 수 있는 능력을 가진 쥐가 여전히 한 마리 남아 있는 게 좋지 않겠냐고 했어요.」

와, 대단한데, 폴.

「당신은 뭐라고 했어요?」

「나를 믿어 보라고 했어요. 왕들의 마음을 얻기 위해 타워에서 보고 들은 걸 상세히 알려 줬죠. 인간의 숫자와 고양이, 개의 숫자까지.」

로망은 나처럼 기대에 차 있는 것 같아 보이는데 나탈리를 비롯한 나머지 인간들은 회의적인 눈치다.

「그랬군요……. 그건 그렇고, 우리 쪽에 공포를 불어넣어 항복을 유도하기 위해 당신이 흘리겠다고 한 가짜 정보는 뭐죠?」

「저들이 타워 지하에 폭발물을 설치할 거예요.」

긴 침묵이 방 안을 휘감는다.

「그게 사실인가요?」

「절반은 사실이에요. 종이와 나무를 이용한 공격, 휘발유를 활용한 공격, 이렇게 두 차례의 방화 공격이 실패로 돌아가자 티무르는 보다 효과적인 방법을 찾기 시작했어요. 그러다 예전에 인터넷에서 우연히 봤던 화약 제조법을 떠올렸죠. 숯가루와 황, 질산칼륨을 혼합해 화약을 만드는 거예요.」

어느새 인간 스무 명가량이 폴과 나의 대화를 듣고 있다. 힐러리 클린턴과 그랜트 장군, 부족 대표 몇 사람이 진지한 표정으로 대화 내용에 귀를 기울인다.

나는 초조해져 폴에게 묻는다.

「저들이 우리 타워를 폭파하려 한다고요?」

「그래요.」 폴이 주저 없이 대답한다.

「우리를 혼란에 빠트리기 위해 당신이 흘리겠다고 한 가짜 정보가 바로 그거잖아요, 그렇죠?」

「맞아요.」

「그럼 진짜가 아닌 거네요?」 나는 일말의 희망을 품고 그에게 묻는다.

「그게 말이죠……. 그들이 숯가루와 황은 어떻게 구해서 대량으로 비축해 놓았는데 아직 질산칼륨은 확보하지 못했어요.」

우리한테 좋은 소식인지 아닌지 판단이 잘 서지 않는다.

「결론적으로…… 우리가 두려워해야 할 이유는 없는 거죠?」

「현재로선 그래요. 그들이 아직 타워를 폭파할 능력이 없으니까. 하지만 머지않아 질산칼륨을 확보할지도 몰라요.」

「당신이 왕들 앞에서 밝힌 계획대로라면 우리가 이 〈가짜 정보〉 때문에 혼란에 빠져야 하는데, 구체적으로 뭘 어떻게 하라는 거죠?」

「거길 탈출하는 거예요. 하지만 문턱을 넘는 순간 그들이 당신들을 죽일 거예요.」

「알려 줘서 고마워요, 폴. 내가 당신 말을 제대로 이해했다면, 그리고 앞으로도 당신 정체가 들통나지 않으려면 우리가 여길 탈출하는 시늉을 해야겠군요. 그렇죠?」

「맞아요.」

나는 잠시 마이크를 끈다.

나는 로망과 실뱅을 쳐다본다. 두 사람 모두 복잡한 상황을 이해한 것 같아 보인다.

「쥐들이 자신을 이중 스파이라고 믿게 하는 게 폴의 작전인 거야.」 로망이 진지한 표정으로 말한다.

「그가 정말 그런지 아닌지 누가 장담할 수 있겠어.」 실뱅이 반대 의견을 내놓는다.

「우린 폴에게 놀아나고 있어요. 그는 쥐예요. 저들 편이라고요.」안젤로가 붉으락푸르락한다.

「네 아들 말이 맞아. 쥐를 어떻게 믿어.」에스메랄다가 안젤로 편을 거들고 나선다.

「상대에게 지식을 선물할 수는 있어도 그걸 사용하는 방법까지 통제하는 건 불가능하지.」나탈리도 의견을 보탠다.

「하지만 지식에 접근하게 되면 누구든…… 더 나은 존재가 된다고 난 믿어요.」나는 조심스럽게 반론을 제기한다.

「누구한테 말이야? 저들한테 아니면 우리한테?」로망이 나를 쳐다보며 묻는다.

「우리가 선물을 해줬으니 분명히 우리에게 고마움을 느낄 거예요.」

말은 이렇게 하지만 나는 이 세상에 은혜를 모르는 이들이 넘쳐 나며 심지어 은혜를 원수로 갚는 이들도 흔하다는 것을 모르지 않는다.

「여보세요? 아직 연결 상태인 거 맞죠?」폴의 목소리가 초조하게 들린다.

「그럼요, 미안해요. 요약하자면 티무르가 당신을 받아들였고, 당신의…… 변화를 축하까지 해줬다는 거잖아요. 당신이 왕들의 신뢰를 얻기 위해 우리 타워 내부 사정을 알려 줬다고 해서 하는 말인데…… 음…… 그쪽 자유의 여신상 받침대 속에서는 지금 무슨 일이 벌어지고 있는지 우리한테 말해 줄 수 있어요?」

「저들은 당신들을 죽이려는 생각밖에 없어요.」

「하지만 저들이 질산칼륨을 확보하지 못해 아직 계획을 실행에 옮길 수 없다고 조금 전에 당신 입으로 말했잖아요.」

「그렇긴 하지만 당신들 운명은 티무르의 두뇌 회전에 달려 있다는 걸 잊지 말아요. 그가 인터넷을 이용해 질산칼륨을 구할 방법을 찾을 수도 있으니까요.」

「다시 말해 우리의 운명이 쥐 한 마리의 머리에 달렸다는 거군요…….」

폴이 준 정보를 어떻게 받아들여야 할지 몰라 다들 난감한 표정으로 서로를 멀뚱멀뚱 쳐다보고 있다.

내가 대화의 방향을 바꿔 그에게 묻는다.

「폴, 당신한테 임무를 하나 줘도 되겠어요?」

「말해 봐요.」

나는 일단 떠오른 생각을 내뱉는다.

「티무르를 죽일 수 있겠어요?」

「쉽지 않을 거예요. 나에 대한 의심을 완전히 거둔 게

37

아니라서.」

스파이 쥐가 난색을 보인다.

아, 뭔가 기발한 아이디어가 필요한 때야.

피타고라스의 영혼, 내게 지혜를 줘. 피타고라스가 지금 내 입장이라면 어떻게 했을까? 적진에 잠입한 이 스파이를 어떻게 활용하면 좋을까?

나는 고심 끝에 제안한다.

「두 왕 사이의 갈등을 조장해 보면 어떨까요? 할 수 있겠어요, 폴?」

스파이 쥐가 잠시 머뭇거리다 대답한다.

「그건 한번 시도해 볼게요. 현재로서는 둘 사이가 원만한 편이에요. 당신들에게 맞서기 위해 단결하고 있죠. 하지만 그들이 오만하기 짝이 없는 우두머리라는 사실은 변함이 없어요.」

「당신만 믿을게요. 우리 공동체는 물론이고 전 세계의 운명이 당신의 네발과 스파이로서의 역량에 달려 있어요.」

갑자기 통신이 끊긴다.

「폴이 우리를 농락하고 있는 거요!」 그랜트 장군이 호통을 치며 대화에 끼어든다. 「그 쥐는 우릴 도울 아무런 이유가 없습니다. 자기 입으로 말하지 않았습니까. 우리를 공포로 몰아넣어 탈출을 시도하게 만들 생각이라고. 그를 믿다가 자칫하면 진짜 위험한 상황에 빠질 수도 있어요.」

「숯가루와 황은 확보했지만 아직 질산칼륨은 구하지 못했다고 그가 분명히 말했어요.」로망이 상기시킨다.

사람들이 의견을 주고받으며 웅성거리기 시작한다.

「그가 자기 입으로 우리 편이라고 했잖아요.」

「그걸 어떻게 믿나요.」

「다 거짓말이에요.」

「그가 쥐라는 사실을 명심해야 해요.」

상황이 복잡하게 돌아갈 것을 직감하는 순간 힐러리 클린턴이 입을 연다. 「위험을 감수할 순 없어요. 적들이 질산칼륨을 확보하기 전에 타워를 비우는 게 좋겠어요. 밤에 여기서 빠져나가기로 하죠. 그러다 놈들에게 발각되면 그랜트 장군의 병력으로 싸우는 수밖에요.」

야옹. 내가 얼른 끼어든다.

「그게 바로 정확히 저들이 원하는 바예요. 폴이 그렇게 말했어요!」

하지만 장군은 고개를 끄덕인다.

「의장님 판단이 옳습니다. 아군이 피해는 입겠지만 싸워 보기도 전에 하부에서 폭발이 일어나 빌딩 전체가 무너지는 것보다는 낫죠. 아직 기관총과 화염 방사기가 남아 있고 원주민들도 활을 가지고 있으니 해볼 만할 겁니다. 교전이 벌어지는 동안 다는 아니더라도 일부는 건물을 탈출할 수 있을 겁니다. 그렇게 해서 살릴 수 있는 목숨이 어림잡아……」

그가 계산에 골몰하는 중인 듯 잠시 입을 다문다.

「음…… 20퍼센트는 될 것 같습니다.」

「공동체의 80퍼센트가 목숨을 잃게 된다는 거네요. 희생이 너무 커요!」 로망 웰즈가 고개를 가로젓는다.

「1백 퍼센트보다야 낫습니다.」 장군이 무표정한 얼굴로 대답한다.

「아니, 타워를 나가면 안 돼요. 도망치는 시늉만 해야지 정말 도망치면 안 된다고요……. 적어도 지금 당장은 아니에요.」 내가 다시 나선다.

「그럼 우린 어떻게 해야 하죠?」 힐러리 클린턴이 초조한지 어깨를 달막대며 말한다.

「폴을 믿어 봐야죠.」 나는 짧게 대답한다.

인간들은 결국 내 권고를 받아들이지 않는다. 언성을 높이면서 서로를 향해 거친 말들을 쏟아 내더니 가장 비효율적이고 비합리적인 방식을 택한다. 102개 부족의 총회를 열어 민주적인 의사 결정을 하겠다는 것이다.

10분 뒤, 회의장에 팽팽한 긴장감이 감돈다. 역시나 인간들은 어려움 앞에서 합심하고 상상력을 동원해 해법을 찾으려 하기보다 물어뜯고 싸우느라 바쁘다.

　나는 나탈리에게 다가가 어깨에 올라가 앉고 싶다는 제스처를 취한다. (자기들 커플을 지켜 주기 위해 노력한!) 나를 아직도 원망하는지 그녀가 나를 빤히 쳐다본다. 그녀가 대답 대신 자기 어깨를 톡톡 친다.

　「벌써부터 이렇게 피곤하네. 나이 탓인가.」 어색함을 눙쳐 보려고 내가 농담을 건넨다.

　「세상 모든 일을 네가 다 책임질 수는 없어. 어차피 지금 우리가 할 수 있는 일은 기도하면서 기다리는 것뿐이야.」

　「난 폴을 믿어요.」

　「쥐한테 너무 많은 기대를 하지는 마.」

　「평범한 쥐가 아니라 내가 직접 지식을 주입한 쥐인걸요.」

　「그래도 쥐는 쥐일 뿐이야.」

　나는 집사의 어깨에 앉아 102개 부족 대표단이 서로 대립하는 모습을 지켜본다.

　「아까는 미안했어, 바스테트. 괜히 마음에도 없는 말을 했어. 네가 좋은 의도로 그랬다는 거 알아. 부모를 화해

시키고 싶은 아이 같은 마음이었겠지. 있잖아, 어릴 때는 나이가 들면 세상에 대한 이해가 깊어질 줄 알았어. 그런데 막상 나이를 먹어 보니 그게 아니야. 나이를 먹을수록 세상일에 대한 무관심만 커져. 세상을 있는 그대로 놔둘 뿐 변화시킬 생각을 하지 않는 나 자신을 발견하게 돼.」

「음, 그런 비관주의는 나와 맞지 않아요. 난 마음만 먹으면 누구든지 세상을 바꿀 수 있다고 믿어요.」

그러니까 당신도 로망과 화해하고 아기를 받아들이려고 노력해 보라고 말하려다 내가 너무 쉽게 말하는 것같이 들릴까 봐 그만둔다.

「넌 할 만큼 했으니 이제 긴장을 좀 풀어, 바스테트.」

나탈리가 잠시 사라졌다 나타나더니 그랜트 장군이 마시다 남긴 샴페인병을 들고 와 한 잔 따라 준다.

「운명을 위하여!」 그녀가 잔을 들며 소리친다.

야옹. 내가 앞발을 치켜들어 화답한다.

「세상을 바꾸기 위해 홀로 고군분투하는 이들을 위하여!」

「예언가들을 위하여!」

「우리를 배신하지 않기를 바라며, 스파이 폴을 위하여!」

우리는 인간들이 결정을 내리기 위해 고성을 지르고

싸우는 소리를 들으며 샴페인을 목으로 넘긴다.

한심한 인간들.

어이없는 상황을 지켜보자니 웃음이 터져 나온다.

38

탄자니아에서 발생한 웃음병

1962년 1월 30일, 탄자니아의 카샤샤 마을에 있는 한 여학생 기숙 학교에서 웃음병이 발생했다. 처음에는 학생 세 명이 발작적으로 웃기 시작했는데, 이내 159명에게로 웃음이 전염되었다. 학생들은 이날부터 약 2주 동안 시도 때도 없이 깔깔거리면서 웃음을 멈추지 못했다. 교사들은 웃음병에 감염되지 않았지만, 이 상태로는 정상적인 학교 운영이 불가능하다고 판단했다.

탄자니아 보건부에서도 상황을 심각하게 바라보기 시작했다. 발작적인 웃음을 그치지 못하는 증세가 나타나는 이 병에는 스와힐리어로 〈오무니포〉라는 이름이 붙여졌다.

이후 웃음병은 인근 학교들로까지 확산되어, 3월에는 성인들까지 포함해 217명이 오무니포에 감염되었다.

5월부터 다시 확산세가 거세지자 학교 두 곳이 휴교 결정을 내렸고, 6월에는 14개 학교가 문을 닫았다.

오무니포가 확산된 몇 달 동안 1천 명이 넘는 탄자니아인들이 이 병에 걸렸는데, 환자들은 정상적인 일상생활이 불가능할 만큼 발작적인 웃음 증세를 보였다. 한번 웃기 시작하면 스스로 통제가 불가능해 멈출 수가 없었다.

사회학자인 피터 맥그로를 포함해 많은 학자들이 이 현상을 연구하기 위해 현지를 찾았지만, 다수에게 동시다발로 발생한 이 웃음병의 정확한 원인을 규명하는 데는 실패했다. 학자들은 높은 학업 스트레스가 이 병의 원인일 가능성이 있다고만 지적했다.

『상대적이며 절대적인 지식의 백과사전』 제14권

39

스파이

「나한테 좋은 소식과 나쁜 소식이 하나씩 있어요. 뭐부터 이야기할까요?」 폴의 목소리가 회의장 곳곳에 설치된 스피커를 통해 흘러나온다.

로망이 뚝딱 번역 프로그램을 만들어 낸 덕분에 그가 찍찍거리는 소리는 고양이어와 인간 언어로 실시간 통역된다.

이번에는 인간들이 내 키를 고려해서 특별히 높은 의자를 준비해 주었다.

의자에 앉은 내 모습이 프리덤 타워의 내부 채널을 통해 화면에 나가고 있다. 공동체의 고양이들과 인간들이 모두 화면으로 나를 지켜보고 내 말에 귀를 기울인다 생각하니 살짝 떨린다. 나는 또박또박 야옹거린다.

「우리와 통신을 다시 시도해 줘서 고마워요, 폴. 어떤 소식을 먼저 들려줄지는 당신 판단에 맡길게요.」

「그럼 좋은 소식부터 말하죠. 어제저녁에 벌어진 일인데, 티무르와 알 카포네가 크게 싸웠어요. 나에 대한 견해 차이가 원인이었어요. 티무르는 나를 믿어도 된다고하고 알 카포네는 그럴 수 없다고 했죠. 또 한 가지……바스테트 당신 얘기도 많이 오갔어요. 알 카포네가 먼저 티무르에게 따졌어요. 자기가 암고양이 한 마리와 싸울 때 왜 도와주지 않았느냐고, 그냥 바라보고만 있었던 이유가 뭐냐고 언성을 높였죠. 그러자 티무르가 바스테트 당신은 여느 고양이들과는 다르다고, 당신 목에 걸려 있어야 할 ESRAE 목걸이가 보이지 않아 그랬다고 대답했어요. ESRAE의 행방을 모르는 상태에서 죽일 수는 없었다고. 그러자 알 카포네는 그 바람에 자기가 죽을 뻔했다면서 길길이 날뛰었죠. 그들은 한참 동안 당신을 두고 설전을 벌였어요.」

적이 나를 중요한 존재로 여긴다는 건 어쨌든 기분 좋은 일이다.

「티무르는 그날 밤 당신을 보면서 천재 고양이라는 확신이 들었대요. 프리덤 타워의 인간들을 모두 합쳐도 당신 머리를 못 따라갈 거라고 하더군요.」

폴이 갈수록 마음에 든다. 더할 나위 없이 〈현대적〉인사고방식의 소유자인 것 같다.

나는 우리가 한 서면 계약을 잊지 말고 내가 성과를 내는 즉시 약속을 지키라는 뜻으로 힐러리 클린턴을 힐끗 쳐다보고 나서 고개를 돌린다.

그녀가 숨을 들이마시더니 〈약속대로 당신은 총회의 103번째 대표가 될 거야〉라는 뜻으로 턱짓을 해 보인다.

나는 좌중이 상황을 명확히 이해할 수 있도록 폴의 이야기를 다시 간추려 말한다.

「그러니까 두 왕이 첫째, 당신을 믿을 것인가 말 것인가, 둘째, 나라는 존재가 얼마나 위협적인가를 두고 언쟁을 벌였다는 거죠. 그래서 어떻게 됐어요?」

「티무르는 ESRAE가 얼마나 귀중한 물건인지 설명하고 나서, 성급히 타워를 폭파했다가는 나중에 건물 잔해 속에서 찾기 쉽지 않을 거라고 알 카포네를 설득했어요. 하지만 알 카포네가 불같이 화를 내면서 티무르에게 너는 이방 쥐에 불과하다, 너를 받아 준 것은 오로지 네가 가진 기술적 지식 때문이니 내게 복종해야 한다고 말했죠. 그러자 티무르가 인간 지식에 접근하는 것은 모든 쥐를 위해 이로운 일이 분명하다면서, 자존심과 공동체의 이익을 혼동하지 말라고 목청을 높였죠. 그 말에 기분이 상한 알 카포네가 티무르에게 고양이들과 한패라며 욕을 하기 시작했어요. 나는 절호의 기회다 싶어 두 왕의 대화에 끼어들었죠. 바스테트 당신이 나한테 맡긴 임무를 수행할 때라고 판단했어요.」

폴이 긴장감을 극대화하기 위해 잠시 말을 멈췄다 잇는다.

「일단 나는 바스테트 당신에 대해 누구보다 잘 안다고 말했어요. 그런 다음 당신은 위협적인 존재이니 각별히 경계해야 한다고 했죠.」

말 한번 잘했네.

「나는 당신이 야간 특공 작전을 지휘했다는 점을 상기시키고 나서, 변태적이고 잔혹한 고양이기 때문에 무슨 일을 벌일지 모른다고 했어요.」

엥? 대체 무슨 소릴 하려는 거야?

「나는 바스테트 같은 리더는 생포해야 하므로 반격에 나서지 않았을 티무르왕의 입장을 충분히 이해한다고 했어요. 바스테트만이 ESRAE의 소재를 알고 있을 테니 그럴 수밖에 없었을 거라고. 그리고 내 경험을 들려줬어요. 당신들한테 잡혔을 때 그 무궁무진한 지식의 보고를 접하고 충격을 받았다고 말했죠. 이 말에 당연히 티무르는 호의적인 반응을 보인 반면 알 카포네는 적대적인 말을 쏟아 내기 시작했어요. 내가 이중 스파이가 아니라 사실은 적일 가능성이 있다면서 몰아세웠죠.」

당연히 그랬겠지.

「두 우두머리 사이에 갈등이 싹트는 걸 감지하고 나는 이렇게 말했어요. 〈우리가 수적으로는 압도적 우위에 있으니 이 전쟁에서 패배할 일은 절대 없다, 문제는 내가 이중 스파이냐 아니냐도 아니고 암고양이 한 마리의 존재가 위협이 되느냐 마느냐도 아니다, 문제는 전쟁에서 이긴 후 우리 정부를 우두머리 하나가 통치할 것이냐 아니면 권력을 나눌 것이냐이다.〉」

어쩜 이렇게 똑똑한 말만 골라서 할까? 설치류의 몸에 이런 섬세한 정신이 깃들어 있다는 게 믿기지 않는다.

「알 카포네가 주저 없이 결론을 내리더군요. 〈지금도 그리고 앞으로도 나는 쥐들의 유일무이한 왕이다. 티무르, 너는 내 손님이자 신하일 뿐이다.〉 티무르가 가만히 있었을 리 없죠. 그는 즉각 자신이 불을 가져왔고 조만간 폭약 제조에 성공할 것이라는 사실만으로도 부하의 지위는 부당하다고 반박했어요. 승리의 주역이자 쥐들에게 더 나은 미래를 보장하는 데 필요한 지식을 갖춘 자가 쥐들의 리더가 되는 게 당연하지 않겠냐고 했죠.」

나는 초조한 마음으로 다음 이야기를 기다린다.

「그래서요?」

「알 카포네가 붉으락푸르락하더니 이방 쥐의 오만함을 더는 봐줄 수 없다며 소리를 질렀죠.」

인간 청중 고양이 청중 할 것 없이 모두가 숨을 죽이고 스피커에서 흘러나오는 소리에 귀를 기울인다. 폴은 고약하게도 긴장감을 유지하기 위해 수시로 뜸을 들이면서 재미를 느끼는 것 같다.

「그들의 견해가 평행선을 달리기 시작했어요. 그러자 나를 포함한 다수의 미국 제후 쥐들과, 굴종을 강요받기 싫은 소수의 프랑스 제후 쥐들 사이에도 긴장감이 감돌기 시작했어요. 알 카포네가 미국 쥐들이 프랑스 쥐들보다 더 건장하고, 더 힘이 세고, 더 똑똑하다고 말했어요. 티무르가 즉각 맞받아쳤죠. 〈글쎄, 더 똑똑한지는 잘 모르겠는데.〉 격분한 알 카포네가 다시 말해 보라고 소리쳤어요. 티무르가 조금도 동요하는 기색 없이 말하더군요. 〈당신들 미국 쥐들은 힘이 센 게 아니라 뚱뚱한 거요.〉 양측 제후 쥐들이 당장에라도 맞붙을 기세로 서로를 노려보기 시작했죠. 그야말로 일촉즉발의 상황이었어요. 그런데 알 카포네가 티무르에게 제안했죠. 〈나랑 한판 붙자. 결투를 통해 누가 더 강한지 가려 보자고.〉」

폴이 잠시 말을 멈췄다 다시 잇는다.

「왕들의 결투가 시작됐어요. 제후들이 빙 둘러싸고 지

켜봤죠.」

「그래서……?」

애간장을 태우려고 작정을 한 모양이네. 아무리 우리가 자기 입만 쳐다보는 처지라고 해도 이건 좀 너무하잖아.

「거구의 알 카포네가 티무르를 향해 돌진했어요. 티무르는 옆으로 재빨리 비켜나 뒤쪽에서 도리어 역공을 가했죠. 티무르가 알 카포네의 경정맥을 비스듬한 각도로 콱 물었어요. 알 카포네가 발톱을 휘둘러도 닿지 않게 절묘한 위치를 잡더군요. 상대가 발버둥 치며 두툼한 꼬리를 채찍처럼 휘둘러 대도 티무르는 꿈쩍도 하지 않았어요. 오히려 턱에 힘을 더 가해 이빨을 세게 박아 넣었죠. 알 카포네의 목에서 피가 분수처럼 솟구치더니 결국 주저앉았어요. 쓰러진 그의 몸에서 피가 쏟아져 나오자 먼저 프랑스 제후 쥐들이, 그다음에는 미국 제후 쥐들이 달려들어 피를 핥아 먹었어요.」

이건 나쁜 소식인데!

「알 카포네가 죽었다니! 확실한 거죠?」

「그럼요. 그가 살아날 가망이 없다고 판단하고 티무르가 즉위식을 거행했는걸요. 티무르가 알 카포네의 머리를 열어 뇌를 먹었단 뜻이에요. 자신이 전임 왕의 지혜를 모두 흡수했음을 선포하는 의식이죠.」

그게 그렇게 간단한 일일 리가 있나.

「티무르는 자신을 왕이 아니라 황제로 칭한 뒤 제후들에게 충성 맹세를 요구했어요. 우린 새 황제의 요구를 받아들여 바닥에 엎드린 채 그를 향해 엉덩이를 내밀었어요. 그가 오줌을 갈기고 지나갔죠. 의식을 마치자 티무르가 황제로서의 포부를 밝혔어요. 자신은 인터넷에 접속해 앞으로 아메리카 대륙의 쥐뿐 아니라 전 세계 쥐들을 연합할 계획이라면서, 자신을 〈전 세계 쥐들의 황제〉로 받들어야 한다고 했죠.」

원수 하나가 죽었으면 뛸 듯이 기뻐야 하는데 왠지 기분이 찜찜하다.

적을 약화하려던 내 시도가 혹시 쥐들의 세력을 강화하고 권력 집중을 불러온 건 아닐까?

우리가 대적해야 할 적의 우두머리는 둘에서 하나로 줄었어. 그런데 이게 득보다 실이 큰 것 같아. 괜히 혹 떼려다 혹 붙인 꼴이 아닌지 몰라.

나는 잠시 뜸을 들였다 아까부터 내내 궁금했던 질문을 던진다.

「그러니까 지금까지 들은 건 좋은 소식인 거고, 나쁜 소식은 뭐죠?」

「티무르가 즉위 직후 질산칼륨을 확보할 방법을 찾아 냈다는 거예요. 박쥐 똥만 있으면 간단히 해결된다고 하 더군요. 뉴욕 지하철 터널에는 박쥐들이 득실거리잖아 요. 그가 쥐들을 총동원해 지하철 터널에 붙어 있는 똥을 긁어 오게 시켰어요. 이렇게 얻은 질산칼륨과 숯가루, 황 을 4 : 3 : 3의 비율로 섞어 폭약을 만들고, 충분한 양이 준비되면 프리덤 타워 지하에 반입해 폭발을 일으킬 거 라고 했어요.」

「폭발이 일어나면 건물 잔해 속에서 ESRAE가 든 USB를 찾기 어려울까 봐 그가 걱정한다고 하지 않았 어요?」

「티무르가 마음을 바꿨어요. 그 USB 케이스가 충격에 강한 걸 잊고 있었다고 하더군요. 폭발이 일어나도 얼마 든지 손상되지 않은 상태로 찾을 수 있을 거라고 했어요. 그러니까 나쁜 소식을 간단히 요약해 말하자면, 당신들 은…… 죽게 된다는 거예요.」

갑자기 내 제3의 눈 안쪽이 간질간질하다. 아무래도 너무 많은 정보가 한꺼번에 뇌에 입력돼 과부하가 걸린 듯하다. 접속을 끊어야 가려움증이 없어질 것 같다.

그런데 내가 지금까지 폴한테 무슨 말을 들었지?

40

호세 델가도의 두뇌 전기 자극

호세 델가도 교수는 뇌의 작동에 매료된 스페인 출신의 신경 생리학자였다. 스페인에서 미국으로 건너가 예일 대학교 생리학과에서 공부한 그는 1950년 두뇌 전기 자극 프로토콜을 개발했다. 그는 뇌에서 발생하는 전기 신호를 읽어 냈을 뿐만 아니라 미세한 전기 자극을 가해 감정을 촉발하고 환각을 불러일으키는 데도 성공했다.

1952년, 그는 기존 장치를 업그레이드해 전선을 없애고 원격 조종이 가능한 〈스티모시버〉를 선보인다.

그는 원숭이 뇌에 스티모시버를 심어 원격 조종으로 눈동자를 움직이게 만들고, 재채기와 하품을 일으키고, 화를 내면서 으르렁거리게 만들었다. 심장 박동 수를 마음대로 조절하고 심지어는 수면을 유도하는 등 원숭이의 두뇌를 통제하는 데 성공했다.

델가도 교수는 고양이 머리에도 똑같은 장치를 심어 잠을 자면서 몸을 핥게 하고, 자신이 원하는 다리를 고양이가 들어 올리게 만들었다. 카메라 조리개를 조절하듯 고양이의 동공을 마음대로 확대하거나 축소하기도 했다. 그는 실험 대상을 인간으로 확대해 30대 여성의 뇌에 똑같은 장치를 이식했다. 이 여성이 자신의 의사와 무관하게 손가락을 구부리거나 울고 웃게 만들었으며, 머릿속에서 특정 이미지를 시각화하게도 했다. 심지어는 사랑의 감정을 유발해 실험이 진행되는 동안 자신에게 사랑을 고백하게 만들기도 했다. (여성은 두뇌에 전기 자극이 사라지는 순간 즉시 그에게 냉랭한 태도를 보였다.)

1963년, 호세 델가도는 소에 대한 전기 자극 실험에 나섰다. 그는 스페인 코르도바의 투우 경기장에서 뇌에 전극을 심어 놓은 소와 마주 보고 섰다. 소가 자신을 향해 돌격해 오자 델가도는 무선 송신기로 전기 자극을 보냈고, 달려오던 소는 불과 몇십 센티미터 거리를 두고 멈춰 섰다.

하지만 이 실험의 성공으로 델가도는 원격 조종이 가능한 노예 인류를 탄생시키려 한다는 의심을 받았고, 사람들은 그의 연구에 의혹의 눈길을 보내기 시작했다. 조지 오웰식 일탈을 저지른다고 그를 비난하는 사람들이 늘어나자 결국 1980년에 모든 연구 지원이 끊겼다. 호세 델가도는 자신이 해오던 뇌에 대한 연구를 중단할 수밖에 없었다.

『상대적이며 절대적인 지식의 백과사전』제14권

41

첩첩산중

예전에 엄마가 말했다. 〈죽는 게 괴로운 이유는 더 이상 행동할 수 없기 때문이야. 숨이 넘어가기 직전에 좋은 아이디어가 떠오르거나 심지어 깨달음을 얻는 경우도 있으니까.〉

엄마는 (인간 나이로 치면 아흔 살도 넘은) 스무 살에 저세상으로 갔으니 장수한 축에 속한다. 한데 참 황당한 사고로 유명을 달리했다. 지붕을 건너뛰다가 거리 계산에 실패해 그만 도로에 추락하고 말았으니. 그런데 또 기다렸다는 듯이 자동차 한 대가 추락 지점을 쌩 지나가고 말았다.

머리가 으깨지기 직전 몇 분의 1초 동안 엄마는 무슨 생각을 했을까. 〈드디어 삶의 의미를 깨달았어〉, 이렇게 생각했을까?

너흰 죽음의 순간을 어떻게 그리고 있어? 육신이 고깃 덩어리로 변하기 직전인 그 찰나의 순간 말이야. 나는 내가 언제든지 죽을 수 있다는 마음가짐으로 살아.

지금이 바로 그 순간이야. 마지막이 임박했음을 느껴.

티무르가 어느 때보다 투지를 불태우고 있으니 쥐들에게 저항하는 마지막 거점인 이 요새를 와해하는 건 시간문제야.

솔직히 말해 나는 죽고 난 이후의 일에는 관심이 없다. 어차피 내가 없는 세상에서 벌어질 일일 테니까.

하지만 만약에…….

만약에 내 흔적이 글로 남는다면 얘기는 달라지겠지.

고양이 성경 혹은 내 자서전으로.

곰곰이 생각해 보니 내 실제 이야기가 가공의 텍스트보다 훨씬 흥미진진할 것 같다. 다른 종의 우주 생성론에서 영감을 얻거나 베껴서 만든 가짜 신화들보다 말이다.

현실만큼 감동적인 것이 어디 있을까.

더군다나 내 이야기는 신화 못지않게 경이롭고 극적이니까.

오늘 하루는 참 이상하게 흘러간다.

왠지 식욕도 없다.

나는 아래로 내려가는 길에 갈수록 마약에 빠져드는

아들 안젤로와 마주친다.

69층에 당도하자 나탈리와 로망이 보인다. 둘은 화해를 시도했다가 대판 싸운 뒤 지금은 견원지간이 되었다.

나탈리는 임신 때문에 호르몬 분비에 급격한 변화가 생겨 기분까지 오락가락하는 듯 보인다.

나는 바람을 쐬러 타워 꼭대기로 올라간다. 뉴욕 최고의 전망대인 이곳에서 어제 내가 그랬던 것처럼 에스메랄다가 시내 풍경을 내려다보고 있다.

「무슨 생각해?」

「부코스키 생각.」에스메랄다가 몸을 돌려 나를 쳐다본다.

「부코스키라는 이름이 알코올 중독자에 자기 파괴적 기질이 강했던 한 인간 시인한테서 따왔다는 거 알아?」

「서툰 구석은 있었지만 특유의 유머 감각으로 나를 웃겨 주던 그가 그리워.」

「나도 피타고라스가 그리워. 그리고 보니 우린 인간들 식으로 말하자면 상중(喪中)인 셈이네.」

「이제 우리 차례가 오길 기다리고 있지.」검은 암고양이가 샛노란 눈을 반짝이며 철학자인 양 말한다.

「누구나 언젠가는 죽어.」

「우린 결코 평범하지 않은 멋진 삶을 살았어. 다 네 덕분이야. 고맙게 생각해, 바스테트. 네가 없었다면 난 지금쯤 불로뉴 숲에서 까마귀 고기나 먹고 있을 거야.」

「아니, 고마워해야 할 쪽은 나야, 에스메랄다. 솔직히 그동안 내가 널 부당하게 대우했어. 네가 내 목숨을 구해줬는데도 그 사실을 인정하지 않으려 했어. 네게 주인공 자리를 뺏길까 봐 두려웠던 거야. 하지만 삶의 끝자락에 오니 알겠어. 네게 가졌던 질투심은 어리석은 감정이란 걸 말이야. 내 집사 나탈리가 로망과의 관계에서 느끼는 것처럼. 우리가 소유했다고 믿는 걸 잃을지도 모른다는 두려움에서 생기는 감정이지. 사실 이 세상에 우리 소유인 건 아무것도 없는데 말이야.」

「더 이상 사랑받지 못하면 어쩌나 하는 두려움 때문인 걸까.」

「그것이 물건이든 생명이든 소유할 수 있다는 잘못된 믿음 때문일 거야. 그런 믿음을 가지게 되는 순간 우리는 소유의 대상을 잃을지도 모른다는 두려움에 사로잡혀 불행해지지. 나는 이제 이 육신조차 내게 속한 것인지 아닌지 확신이 없어. 죽음은 결국 우리 모두가 태어나는 순간 빌려 입은, 털과 피로 된 이 겉옷을 돌려줄 때가 왔다는 뜻이 아닐까.」

에스메랄다가 고개를 살짝 흔들더니, 마치 이 동작이

진동이라도 일으킨 듯 온몸을 세게 부르르 턴다.

정오의 해가 우리 머리 위에 떠 있다. 수많은 빌딩의 유리들이 햇빛을 반사해 맨해튼 전체가 반짝거리는 시간이다.

「티무르가 그 음험한 계획을 실행에 옮기는 데 필요한 박쥐 똥을 충분히 모으려면 얼마나 시간이 걸릴까? 우리한테 시간이 얼마나 남았을까?」

「내가 아는 그라면 속전속결일 거야」

「박쥐들이 변비라도 걸리면 좋겠네……」 에스메랄다가 한숨을 내쉬며 말한다.

순간 나는 코와 목에 폭발 직전의 압력을 느낀다. 도저히 참을 수 없는 이 느낌. 캑캑 소리와 함께 재채기가 나온다. 내 몸에서 웃음이 터져 나오고 있다.

에스메랄다가 놀란 표정으로 나를 쳐다보더니 자기도 따라 한다.

고양이 웃음을 웃는다.

우리는 그녀가 던진 농담에, 우리가 인간들처럼 웃고 있다는 사실 때문에 한참을 웃는다.

별안간 에스메랄다에게 사랑의 감정 비슷한 게 느껴진다.

그녀도 같은 마음인 눈치다. 아니, 사랑이라기보다 중

심 수컷을 잃은 두 암컷이 느끼는 동병상련의 마음일 거야.

빤히 서로를 쳐다보다 우리는 누가 먼저랄 것도 없이 얼굴을 앞으로 내민다. 낯설고도 묘한 이 감정은 뭘까. 암컷으로서의 동질감을 뛰어넘어 느끼는, 육체가 아니라 상대의 정신에 대한 끌림.

그녀의 코와 내 코가 천천히, 그러나 어떤 거역할 수 없는 힘에 이끌리듯 가까워진다.

나는 맞닿는 순간을 기다리며 눈을 감는다.

이때, 비상벨이 요란하게 울린다.

나는 눈을 번쩍 뜬다.

에스메랄다는 벌써 상황을 파악하기 위해 104층 회의장으로 달려가고 있다.

인간들이 초조한 얼굴로 회의장에 뛰어 들어온다. 스피커에서 폴이 찍찍거리는 소리가 나오더니 이내 인간 언어로 통역돼 들리기 시작한다.

「티무르가 질산칼륨을 충분히 구해 타워 지하에 쌓아놓고 있어요. 오늘 밤 당신들이 잠든 틈을 타 타워를 폭파할 계획이에요.」

순간 엉뚱하게도 나는 ESRAE에서 본 타로 카드 한 장을 머리에 떠올린다. 상층부가 벼락에 맞아 부서지자 사람들이 밖으로 떨어지는 그림이 그려진 16번 〈타워〉 카드.

「가만히 앉아서 당하고 있진 않을 겁니다. 지난번 휘발유 공격 때처럼 적들을 선제공격합시다.」 그랜트 장군이 대응 방안을 밝힌다.

「그때 같은 방법으로 쥐들의 공격을 막기는 불가능해요. 이번에는 화약을 운반하는 수송단을 지키기 위해 수천 마리 이상의 병력이 배치됐거든요. 티무르가 지난번 실패에서 뼈저린 교훈을 얻었기 때문이에요.」

「폴, 혹시 당신이 거기서 티무르를 제지할 방법은 없나요?」

「스스로 황제라고 칭한 이후 그는 프랑스 제후 쥐들의 밀착 경호를 받고 있어요. 미국 제후 쥐들은 더 이상 신뢰하지 않아요. 나에 대해서도 극도로 경계하죠. 그는 부하들이 먼저 맛보지 않은 음식은 입에 대지 않아요. 황궁의 보안도 강화하게 했죠. 이뿐만이 아니에요. 뉴욕 밖에서까지 병력을 모집하려고 부하들을 파견했어요. 〈쥐 역사상 가장 거대한 군단〉을 만들겠다는 자신의 포부를 실현하기 위해서죠. 그는 이 군대를 〈최후의 심판〉 군단이라고 명명했어요. 사실상 〈당신들〉 세계에 대한 심판을 의미해요. 당신들은 고립된 채 싸우는 마지막 항서 세력이니까. 티무르는 전격전에 나설 거예요. 과거의 치욕을 씻고 전 세계에 쥐들의 존재를 각인시키려고 해요.」

폴이 잠시 말이 없다.

내가 먼저 말을 건다.

「알았어요. 지금까진 나쁜 소식이고, 그럼 이번에 들려줄 좋은 소식은 뭔가요?」

「그게…… 이번에는, 없어요. 미안하게 됐어요. 그리고 한 가지 말해 둘 게 있는데, 갈수록 당신들과의 통신이 쉽지 않아요. 누구한테 발각될까 봐 겁이 나고, 자유의 여신상 근처에 떠 있는 드론을 나와 연관 지어 생각할까 봐 걱정도 돼요. 날씨가 좋으면 드론이 선명하게 보이거든요. 아직까지 내가 안전한 건 모두가 타워 폭파 작전에 몰두하고 있기 때문이에요. 자, 이번 통신은 여기서 끝내는 게 좋겠어요.」

이 말을 끝으로 그가 접속을 끊는다.

회의장 안이 찬물을 끼얹은 듯이 조용해진다.

즉시 102개 부족의 임시 총회가 소집된다. 나는 토론을 지켜보며 인간들이 이 사태의 책임을 지울 사람을 지목하는 데 혈안이 돼 있음을 깨닫는다.

그래, 인간들이 작동하는 방식은 바로 이거다. 일단 공포에 사로잡히면 그들은 만사를 제쳐 두고 죄인부터 하나 만든다. 그러고 나서는 그에게 모든 불행의 책임을 지운다.

그래도 분이 안 풀리면 결국에는 그를 죽이고.

동족에게 위해를 가해서라도 자신들이 상황을 주도하고 있다는 느낌을 받으려는 것이 인간들의 방식이다.

누군가에게 대가를 치르게 하는 희생양의 법칙.

인간들과 달리 나는 질문을 던진다. 내 관심사는 오로지 위기 탈출의 해법을 찾는 데 있다.

지금은 공격의 화살이 힐러리 클린턴 한 사람에게 향해 있다. 고양이를 (그러니까 나를) 신뢰한 잘못을 따져 묻는 눈치다. 히스패닉 대표가 그녀를 즉각 해임하고 선거를 통해 새로운 대통령을 선출하자고 제안한다. 힐러리 클린턴이 자신의 입장을 변호하기 위해 발언권을 요청하자 다른 부족 대표들이 욕을 하며 제지한다. 일부 대표들이 지금 같은 위기 상황을 관리할 수 있는 사람은 군인뿐이라면서 그랜트 장군을 신임 대통령으로 선출하자고 하자, 장군은 공동체의 의견을 따르겠다는 입장을 밝힌다. 그는 핵폭탄 같은 과격한 방법이 아니고서는 위기에서 벗어날 수 없다고 목청을 높인다.

그러나 막상 구체적인 실행 방법에 대해 묻자 아직 고민해 보지 않았다면서, 시간을 좀 달라고 말한다. 이 말에 중국계 대표가 자리에서 벌떡 일어나더니 우리한테는 그럴 시간이 없는 게 문제라고 호통을 친다.

성질 급한 말이 발언권을 요청하고 연단으로 걸어 올라간다. 그는 활을 쏘아 방화 공격을 막은 것은 자신들 부족이라는 점을 상기시키고 나서, 공로를 인정해 주는 차원에서 자신을 총회 의장으로 추대하는 게 마땅한 일이 아니냐고 다른 대표들을 설득한다.

여러 종파의 종교인들도 현 사태에 대한 자신들의 견해를 밝힌다. 쥐들의 존재는 인간이 저지른 죄에 대해 하늘이 내리시는 벌이니, 사제 한 명을 지명해 신과 화해를 시도해야 한다고 주장한다. 한마음으로 신께 기도를 올리는 것만이 위기를 벗어나는 방법이라고 말한다.

나는 이제 인간들의 문명이 와해한 이유를 좀 더 분명히 알 것 같다.

그들은 서로 사랑하지 않는다.

그들은 공통점보다 차이점에서 존재 이유를 찾으려 한다.

나는 나탈리에게 발짓을 해 다가오게 한 뒤 속삭인다.

「나한테 해결 방법이 있는 것도 같으니 연단으로 데려가 줘요.」

내가 어깨 위로 뛰어오르자 집사가 흥분한 군중 사이

를 뚫고 앞으로 나간다.

그녀가 사람들을 어깨로 밀치면서 길을 낸 끝에 간신히 연단에 올라가 나를 연설대 위에 올려놓는다.

나탈리가 마이크에 대고 말한다.

「바스테트한테 좋은 아이디어가 있는 모양인데 한번 들어 보면 어떨까요.」

「당신의 그 잘난 고양이가 낸 아이디어가 어떤 결과를 초래했는지 모르는 사람이 여기 있소?」 목사 한 명이 마치 악마를 쫓는 시늉처럼 손을 휘젓는다.

「하, 그놈의 아이디어! 적장들을 암살하고 적진에 스파이를 심겠다더니 이번엔 또 무슨 아이디어일까!」 누군가 노골적으로 비아냥거린다.

기회다 싶었는지 여기저기서 웅성웅성 소리가 들린다.

나를 향해 모욕적인 언사가 쏟아진다.

난 조그만 도움이라도 됐지만 대체 저들은 뭘 하고 있단 말인가? 그저 나에 대한 증오심으로 똘똘 뭉쳐 있지 않은가.

나탈리는 눈도 끔쩍 안 하고 말을 이어 간다.

「지금 우리 입장에서 고양이의 아이디어를 듣는다고 손해 볼 건 없지 않나요……. 먼저 아이디어를 들어 보고 나서 대통령을 선출해도 늦지 않아요.」 그녀가 제안을 한다.

「아니, 필요 없어요. 지금까지 이 고양이가 한 어리석은 짓을 생각하면 더 이상 얘기를 들어 볼 가치도 없어요.」 나를 제물 삼아 인기를 회복할 생각인 듯 힐러리 클린턴이 즉각 반대하고 나선다.

하지만 그랜트 장군은 뜻밖의 반응을 보인다.

「일단 들어 봅시다. 아이디어를 두려워할 이유는 없어요. 우리가 두려워해야 하는 건 나쁜 아이디어뿐이에요. 일단 듣고 나서 판단합시다.」

알다가도 모를 게 세상살이라더니, 동지라고 믿었던 상대는 나를 버리고, 적이라고 확신했던 상대는 날 지지해 주네.

「모두 정숙!」 그가 좌중을 압도하는 굵직한 목소리로 명령한다.

그래도 여전히 장내의 소란이 가라앉지 않자 장군이 호주머니에서 권총을 꺼내더니 천장을 향해 세 발 쏜다.

드디어 사람들의 이목이 단상으로 쏠린다.

나는 일단 뒷다리를 귀 뒤로 치켜들고 생각을 정리한다.

「친애하는 암수 인간 여러분, 그리고 암수 고양이 여러분. 우리는 폭발이라는 새로운 위협에 직면해 있습니다. 타워가 언제 붕괴할지 몰라요. 핵폭탄을 사용한 해결은 당장 시행할 수 없고, 새로운 대통령이 선출된다 해도 지금의 임박한 위기에 큰 도움이 될 것 같진 않아요.」

드디어 청중이 내 연설에 집중하는 게 느껴진다.

「그래서 뭘 어쩌겠다는 거야, 야옹아?」 내 앵무새 친구 샹폴리옹의 우관을 연상시키는 빨간 볏을 세운 펑크족 대표가 말을 자른다.

야옹아? 호칭 한번 이상하네. 나한테 모욕을 주려고 그러는 거 알아. 날 〈폐하〉라고 부르면 입 안에 가시라도 돋는 모양이지?

아니, 이럴 때가 아니지. 지금은 의전 문제로 좀스럽게 굴 때가 아니다.

「저는 가장 효과적인 동시에 제가 가장 재능을 발휘할 수 있는 무기를 제안하고자 합니다.」

「무슨 무기 말입니까?」

「……소통입니다.」

「누가 누구랑 소통한다는 거죠?」 잠자코 있던 힐러리 클린턴이 다시 끼어든다.

「저와 티무르 말이에요.」

조용하던 장내가 다시 들썩이기 시작한다. 사방에서 비웃음이 들려온다.

나는 동요하지 않는다.

「저는 티무르와 이미 소통한 경험이 있어요. USB 케이블로 서로의 제3의 눈을 연결한 상태에서 정신 대 정신으로 직접 소통했었죠.」

「그래서, 이번에 그 쥐한테 무슨 이야기를 하겠다는 거죠?」 비아냥거리는 말투다.

「상황을 보고 판단해야겠죠. 어쨌든 우리 모두가 목숨을 보전할 수 있게 최선을 다할 생각이에요. 이만해도 대단하지 않나요? 여러분 중에 더 좋은 아이디어를 가진 분이 있으면 제 아이디어는 얼마든지 포기하겠어요.」

모름지기 통치자라면 나처럼 공포를 떨치고 실용적인 해법을 고민해야 한다. 남들이 불가능하다고 할 때 생명의 위험을 감수하면서까지 해결책을 찾아내 상황을 돌파할 수 있어야 한다.

「다른 제안 없나요? 제가 여러분께 말씀드리고 있는 지금 이 순간에도 쥐 수천 마리가 빌딩 지하로 부지런히 화약을 나르고 있다는 점을 아셔야 합니다.」

「네가 다가가는 즉시 쥐들이 죽이려 할 텐데.」 성질 급한 말이 걱정을 표한다.

「그 점에 있어서는 스파이 폴의 존재가 도움이 될 것 같아요. 그에게 티무르와의 만남을 주선해 달라고 할 생각이에요.」

「그런다고 네 목숨이 안전하다는 보장이 있는 건 아니잖아?」 내 안위가 걱정된 에스메랄다가 끼어든다.

「물론 없지. 하지만 내가 아무것도 하지 않으면 우린다 죽을 수밖에 없어.」

그랜트 장군이 무슨 말을 하려는 듯 입술을 달싹달싹하는 걸 보고 내가 선수를 친다.

「더는 주저할 시간이 없어요. 저를 믿어 보세요. 이번에 실패하면 어차피 돌아오지 않을 생각이에요.」

회의장 안에 동요가 감지된다. 나는 하나하나 쳐다보며 반응을 관찰한다. 그랜트 장군, 힐러리 클린턴, 로망, 나탈리, 실뱅, 이디스, 제시카, 성질 급한 말, 에스메랄다, 안젤로.

「여러분께 해야 할 중요한 이야기가 하나 더 있습니다. 일전에 제가 의장님께 저를 103번째 고양이 부족의 대표로 인정해 달라는 요청을 해서 약속을 받아 냈어요. 하지만 그녀도 앞뒤가 다른 대부분의 정치인과 똑같더군요. 그래서 이번에는 여기 계신 모두를 증인으로 삼고자 합니다. 제가 모두를 대표해 협상에 나서는 데 동의하신다면 저를 고양이 부족의 대표로 인정해 주고, 프리덤 타워 공동체의 공식 협상 대표 자격을 부여해 주셨으면 합니다.」

　조롱과 야유, 심지어 거친 욕설이 날아들기 시작한다.

　회의장을 채운 냉소주의자들이 자기 편임을 확인한 의장이 회심의 미소를 짓는다. 나는 참담한 심정이 되어 대표단을 내려다본다.

　저들도 힐러리와 다르지 않아. 내가 자신들의 목숨을 구해 줘도 동등한 자격을 갖는 건 싫은 거야. 종의 우월감이 생존 본능보다도 앞서는 자들.

　나탈리가 마이크 앞으로 달려든다.

　「당신들 미쳤어요?! 선택의 여지가 없어요. 바스테트 아니면 죽음이란 말이에요!」

　내 생각도 그래요…….

　「나는 아기가 태어나길 기다리는 임산부예요.」그녀의 목소리가 쩌렁쩌렁 울린다. 「나는 내 아이가 살 만한 세상에 태어나길 바라요. 그 전에 오늘 밤 위험한 고비부터 넘겨야겠죠. 생사가 걸리지 않은 논쟁이라면 얼마든지 냉소를 허용할 수 있어요. 하지만 지금은 그럴 수가 없어요. 우리는 우리 모두의 생명은 물론이고 인류 전체의 미래가 달린 결정을 내려야 해요. 지금 행동에 나서지 않으면 다시는 기회가 오지 않을 거예요.」

　장내에 무거운 침묵이 흐른다.

「여기 있는 바스테트가, 고맙게도 투표를 통해 자신의 임무를 승인해 달라고 요청했어요. 우리 인정합시다. 그게 무척 위험한 임무라는 걸 말이에요. 이런 마당에 이것저것 따질 궁리나 하는 당신들은 대체 뭐 하는 사람들이죠? 적진 한가운데로 들어가 적장과 협상을 벌일 용기가 당신들한테는 있나요? 바스테트를 보내기 싫으면 누가 대신 가면 되겠네요!」

다들 바닥으로 시선을 떨군다.

「자, 누가 리버티섬으로 가서 티무르와 협상을 벌이겠어요? 아무도 없어요?」

좌중을 휘둘러보고 나서 나탈리가 다시 마이크를 잡는다.

「좋아요. 보아하니 바스테트의 특수 임무를 승인하는 동시에, 8천 마리가 넘는 고양이들의 대표 자격을 그녀에게 부여할 것을 제안하는 투표는 형식에 불과하겠군요. 어쨌든 빨리 표결에 들어가죠.」

볼수록 마음에 드는 인간 암컷이란 말이야. 혹시 내가 인간이 되면 집사처럼 되어야겠어. 아, 물론 나를 만난 이후의 집사 모습이 되겠다는 뜻이야. 저런 용기와 결단력이 언제 생겼을까. 그동안 참 많이 진화했네.

에스메랄다가 인간들 식으로 한쪽 눈을 찡긋하더니

고양이어로 속닥거린다.

「네가 집사를 제대로 길들여 놨구나.」

「자자, 투표를 시작하겠습니다! 지금 우리에게 남아 있는 단 한 가지 해결책, 즉 바스테트를 보내 적과 협상 하게 한다, 단 여기에는 우리가 바스테트에게 103번째 부족의 대표 자격을 부여해야 한다는 조건이 붙습니다, 이 해결책에 반대하는 분 계십니까?」

손이 하나 올라온다. 다름 아닌 힐러리 클린턴.

「좋습니다. 찬성 101표에 반대 2표군요. 이로써 〈티무르와의 협상〉 임무는 승인되었고, 바스테트는 103번째 부족 대표로서 이 고귀한 총회의 일원이 되는 자격을 얻었습니다. 그녀는 앞으로 여기 모이신 대표단과 동등한 투표권을 행사하게 될 뿐 아니라 협상에서 우리 모두의 입장을 대변하게 될 것입니다.」

내가 이겼다.

나탈리가 박수를 치자 로망과 이디스, 실뱅, 제시카가 따라 치기 시작한다. 그리고 내 느낌에는 한참 시간이 흐른 뒤에야 부족 대표단과 회의를 지켜보던 청중이 다 같이 박수를 친다. 나를 위해, 나의 아이디어와 용기를 위해.

뭐, 기대만큼 열광적인 반응은 아니지만 이런 위기 상황에서 실질적인 정치적 지위를 갖게 된 최초의 고양이라는 사실에 의의를 두는 수밖에.

나탈리가 나를 머리 위로 번쩍 들어 올린다.

내가 이겼다.

몇몇이 자리에서 일어나 기립 박수를 보낸다. 크게 야옹거리는 소리도 곳곳에서 들려온다.

내 동족 고양이들이 이 일의 의미와 내가 획득한 특별한 지위의 중요성을 깨달은 모양이구나. 솔직히 늦은 감이 없지 않아. 그동안 나는 미국 고양이들에게 평범한 고양이로, 아니 그만도 못한 이방 고양이로 취급받는 느낌이 들었으니까.

박수갈채가 이어지는 동안 나는 벌써 다음 목표에 집중한다. 황제 티무르와 어떻게 협상을 벌일 것인가.

실뱅이 당장 리버티섬 상공에 드론을 띄워 폴과 접촉을 시도한다.

내 제안을 접한 폴이 티무르에게 내용을 전달하자 티무르가 폴을 통해 나를 만나 주겠다고 한다. 단, 누구도 대동하지 말고 혼자 여신상의 받침대 속으로 오라는 조건을 달았다. 내 탈출 가능성을 원천 차단하겠다는 뜻이다.

나는 그 조건을 수용하겠다고 폴에게 전한다.

회의가 끝난 후 나는 출발에 앞서 컴퓨터 방에서 나탈

리, 로망, 에스메랄다, 안젤로, 킴벌리와 작별 인사를 나눈다.

「우리 엄만 역시 멋져. 기가 막힌 계획이에요. 놈에게 가까이 가면 꼭 죽이고 와야 해요!」

「내가 조언을 좀 해줘도 될까?」 로망이 내 눈을 응시하며 묻는다.

「로망의 조언이라면 얼마든지요.」

「어떤 상황에서도 침착함을 잃지 마. 그가 무슨 말을 하더라도 일단 2초 기다렸다 대답해.」

「다른 건요?」

「호흡을 크게 해. 심호흡을 하면 감정 조절에 도움이 될 거야.」 나탈리가 말한다.

에스메랄다는 즉석에서 이렇게 제안한다. 「내가 같이 가줄까?」

아니, 됐어. 지난번처럼 또 그런 어색한 상황이 연출되면 곤란하지.

「티무르가 나 혼자 오라는 조건을 달았잖아. 마음만 고맙게 받을게.」

「혹시 너한테 무슨 일이라도 생기면 우리가 어떻게 해줄까?」 현실주의자답게 나탈리가 묻는다.

「안젤로한테 제3의 눈을 수술해 주고 ESRAE를 맡겨요. 그래야 내가 시작한 고양이 문명의 수립을 이어받을 수 있을 테니까요. 에스메랄다, 안젤로가 고양이 문명을 세울 수 있게 네가 옆에서 도와줘. 안젤로가 좀…… 충동적이잖아. 누군가 그걸 조절해 줄 필요가 있어. 그리고 폭력은 가장 마지막 수단이라는 점을 안젤로가 명심할 수 있게 네가 늘 곁에서 가르쳐 줘.」

「걱정하지 말고 날 믿어, 바스테트.」

「자, 시간이 없으니 이제 가야겠어요. 오늘 밤 최악의 사태가 벌어지지 않게 막아야죠.」

그러고 나서 한 시간 뒤, 나는 이전처럼 드론을 타고 적진을 향해 하늘을 날고 있다.

군데군데 검은 무늬가 있는 내 희고 보드라운 털이 바람에 납작 눕는다. 나는 내 용기를 가상히 여기며 결의를 다진다.

곧 놈을 다시 만나게 돼. 절대 놈을 과소평가해선 안 돼. 놈은 보통 쥐가 아니라 천재 쥐라는 걸 명심해야 해. 충동적으로 반응해서도, 그의 얘기에 너무 나 자신을 투영해서도 안 돼. 한 마디 한 마디 신중하고도 계산된 대답을 내놓아야 해.

내가 탄 비행체는 맨해튼섬과 리버티섬 사이 상공을 순항 중이다. 대낮에 이렇게 가까이서 자유의 여신상을 보는 건 처음이다. 받침대는 화강암, 본체는 구리로 만들어진 높이 93미터의 거대한 조각상이 하늘과 바다를 배경으로 웅장하게 솟아 있다.

세상이 나한테 여왕 대접을 해주길 바란다면, 다가올 시간 동안 내가 그 자격을 만천하에 입증해 보일 수 있어야 해.

나는 마지막으로 뒤를 돌아본다. 맨해튼섬의 빌딩들 사이에서 프리덤 타워가 독보적인 높이와 위용을 자랑하며 서 있는 게 보인다.

만약에 내가 실패하면 모두 죽음을 맞게 돼. 내 아들과 집사까지. 붕괴한 건물 잔해 속에서 ESRAE를 찾기는 불가능에 가까울 거야. 결국 이 세상은 종말을 맞는다는 뜻이고, 그건 동시에 쥐들의 시대가 도래한다는 거야. 인간이 축적한 지식은 영원히 사라지고 말 거야.

나는 실뱅에게 특별히 부탁해 만든 장치로 음악을 튼다. 어느 때보다 스스로 용기를 불어넣어야 할 때다. 바흐의 「토카타와 푸가 D 단조」가 흘러나온다.

강렬한 음악이 드론을 타고 적진을 향해 날아가는 내 머릿속을 가득 채운다.

지금 이 순간이 어쩌면 내 삶의 마지막 몇 초일지도 모른다. 제3의 눈 덕분에 특별하고 유일무이한 삶을 살았으니 나는 얼마나 운이 좋은가.

나는 대단한 존재다.

나는 이런 나 자신을 사랑한다.

나는 나 자신에게 질문한다. 잠시 후 벌어질 역사적 대결에서 과연 내 능력을 제대로 발휘할 수 있을 것인가?

42

금빛 천이 휘날리는 들판의 회담

　1520년, 당대 가장 강력한 군주 두 사람이었던 프랑스의 프랑수아 1세와 영국의 헨리 8세는 평화 협정을 맺고 국가 간의 경제적·군사적 통합을 추진하기로 결정한다. 이는 헨리 8세의 최측근 고문인 토머스 울지가 낸 아이디어였는데, 유럽 정치 공동체를 만들기 위한 최초의 구상이었던 셈이다. 프랑수아 1세는 프랑스 북부 칼레 인근의 발랭겜에 위치한 한 야영지에서 만나 회담을 하고 동맹을 체결하자고 제안한다. 2년의 협상 끝에 두 경쟁 군주가 드디어 합의에 이르게 된 것이다. 당시 프랑수아 1세의 나이는 스물다섯, 헨리 8세는 스물여덟이었다.

　〈금빛 천이 휘날리는 들판〉이라는 표현은 두 나라 군주가 호화판으로 준비한 이 만남의 모양새를 단적으로 보여 준다. 들판에 목재로 막사들을 짓고, 금사로 수를 놓은 화려한 천들을 드리웠다고 한다. 양측에서는 각각 3천 명의 손님을 초청했고, 상대편을 압도하기 위해 각자의 나라에서 최고로 꼽히는 요리사와 장인, 예술가 들을 불러왔다. 풍악이 울리고, 춤판이 벌어지고, 불꽃을 쏘아 올리고, 기사들이 창 시합을 벌이고, 화려한 연회가 열렸다.

무역 협정과 군사 협정 이야기가 오가고 당시 세 살이던 프랑스 왕세자와 네 살이던 영국 공주의 약혼이 결정되는 등 협상에 상당히 진척이 있었다. 그러던 어느 날 저녁, 거나하게 취한 두 왕이 도발적인 대화를 주고받기 시작했다. 프랑수아 1세가 프랑스 장인들은 세계 최고이고 프랑스 여자들은 절세 미인이며 프랑스 기사들은 이번 행사 동안 벌어진 마상 창 시합에서 영국 기사들보다 훨씬 용맹한 모습을 보여 주었다고 자랑했다. 그러자 헨리 8세가 결투를 청했고, 두 왕은 식사 테이블에 앉은 신하들이 지켜보는 가운데 맨주먹으로 싸움을 벌였다. 결투에서 진 헨리 8세가 복수를 외치자 그 자리에 있던 귀족 모두가 말렸다. 기분이 상한 헨리 8세는 결국 예정보다 일찍 식사 자리를 박차고 나갔다. 이것을 계기로 양국 간의 평화 협정과 경제 동맹은 없던 얘기가 되었고 혼인 약속도 무효가 되고 말았다.

이후 헨리 8세는 프랑수아 1세의 최대 정적인 신성 로마 제국의 카를 5세와 손을 잡았다. 1525년, 프랑스 군대는 영국과 신성 로마 제국의 연합군을 상대로 이탈리아 파비아에서 전투를 벌였다. 프랑수아 1세는 전투에서 패해 포로로 잡히는 신세가 되었다. 만약 금빛 천이 휘날리는 들판에서 영국과 프랑스의 두 왕이 서로 치고받지 않았더라면 이 전쟁은 피할 수 있었을지도 모른다. 그리고 토머스 울지가 그토록 염원했던 통합 유럽을 향한 첫 삽을 뜨게 되었을지도 모른다.

『상대적이며 절대적인 지식의 백과사전』 제14권

43

정신의 결투

쥐들이 내려다보인다. 갈색 털과 잿빛 털이 뒤섞여 있다. 나를 올려다보는 적대적인 시선이 느껴진다. 쥐들의 역겨운 체취가 코를 찌르지만, 집중력을 흐트러뜨리지 않으려고 애를 쓴다.

자유의 여신상 아래 광장에 연단이 설치된 게 보인다. 멀리서도 눈에 띄는 흰 털을 가진 쥐 한 마리가 그 위에 서 있다.

겁먹으면 안 돼. 심호흡을 크게 하자.

드론을 광장에 착륙시키는 순간 나는 가슴을 졸아들게 하는 광경과 마주한다. 회동 장소에 마치 장식물처럼…… 십자가형에 처해진 고양이들의 사체가 쌓여 있다.

나는 아무렇지 않은 듯이 연단 쪽으로 천천히 걸어간다.

동요해선 안 돼. 심호흡으로 마음을 가다듬자.

숨을 크게 들이마시자 살아 있는 쥐들의 혐오스러운 냄새와 죽은 고양이들이 풍기는 썩은 내가 뒤섞여 코끝에 와 닿는다.

저쪽으로 시선을 보내지 말고 앞만 보자.

나는 철천지원수가 기다리는 연단 위로 올라간다.

벌써 흰색 USB 케이블을 제3의 눈에 꽂고 있는 티무르가, 인간과 비슷하게 생긴 손가락 네 개 달린 작은 손으로 케이블의 반대쪽을 나한테 내민다.

나는 뾰족한 발톱으로 제3의 눈에 끼워져 있던 블루투스 동글을 빼고 그 자리에 흰색 케이블을 끼운다. 그러고 나서 눈을 감자 상대의 생각이 또렷이 감지된다.

「다시 만나 반가워, 바스테트.」

이런, 시작부터 반말이네.

나도 상대 어투에 맞춘다.

「다시 만나 반가워, 티무르.」

우리는 코를 움직여 상대방에 대한 후각 정보를 수집하면서 탐지에 들어간다.

괜히 마약을 했어. 지금 같은 결정적 순간에 유용하게 쓰였을 뉴런 몇 개를 파괴하는 짓을 왜 했을까.

앞으로는 기분이 좋을 때 샴페인을 조금 마시는 것 말

고는 내 뇌에 해를 끼칠 수 있는 물질은 거들떠보지도 말아야겠어.

「이 만남은 네가 요청해서 성사됐는데, 나한테 무슨 제안을 하려는 모양이지, 바스테트?」

「항복을 협상하러 왔어, 티무르. 우리한테 안전한 탈출을 보장해 주면 네가 세상에서 가장 가지고 싶어 하는 물건을 줄 용의가 있어. 〈상대적이며 절대적인 지식의 백과사전 확장판〉, ESRAE 말이야.」

그가 고개를 까딱한다.

「그러고 보니 목에 목걸이가 걸려 있지 않네. 내가 너를 죽이고, 프리덤 타워 공동체를 전부 죽인 다음, 붕괴한 건물 잔해 속에서 ESRAE를 찾아 가지지 못하란 법이 어디 있지? 그 USB는 고온과 폭발을 견딜 수 있는 내구성이 뛰어난 케이스에 들어 있다고 난 기억하는데.」

「네 생각대로 안 될 거야. 여기로 오기 전에 내가 혹시라도 무사 귀환하지 못하거나 너와 합의하는 데 실패하면 ESRAE를 파기하라고 전문가인 로망에게 지시했으니까. 아무리 내구성이 뛰어난 덮개가 덮여 있어도 USB를 분해해 폐기해 버리면 아무 소용 없지. 그렇게 되면 USB는 우리들 그리고 너희 쥐들, 더 나아가 세상 모두에게서 영원히 사라지는 거야.」

「공갈치지 마.」

「그런 위험을 감수할 생각이야?」

상대의 눈빛에서 동요가 감지된다. 내 논리가 티무르의 마음을 움직이고 있다는 증거다.

「네가 가지고 온 제안이 그거야? 지식과 목숨을 맞바꾸는 거?」

「세상의 모든 지식을 조금의 목숨과 교환하자는 거야. 너한테는 유리한 거래지. 솔직히 나를 죽여 봤자 라이벌이 무너지는 모습에서 느끼는 원시적인 쾌감 외에 다른 이득은 없을 테니까. 그 감정이 얼마나 하찮고 일시적인지는 너도 알겠지.」

우리를 에워싼 제후 쥐들이 자신들의 위대한 우두머리가 적과 대화를 나누는 기묘한 광경을 의심 반 호기심 반으로 지켜보고 있다.

저들 눈에 나는 그냥 고양이일 뿐이야. 무조건 제거해야 할 대상이지.

「잘 들어, 티무르. 나는 기꺼이 네 승리를 인정하고 내 패배를 받아들이기로 했어. 우리 고양이가 아닌 너희 쥐가 인간을 계승하는 게 당연한 귀결인 것 같아. 왜 그런지 알아?」

「말해 봐.」

「너희가…… 잡식성이기 때문이야.」

그가 논리에 동의하는 듯 보여 나는 즉시 말을 잇는다.

「우리 고양이들은 육식성이기 때문에 먹이가 제한적이야. 쥐든 새든 물고기든 사냥하지 않으면 생존할 수 없어. 반면에 너희들은…… 곡식이나 채소나 과일이나 가리지 않고 먹지. 심지어 스티로폼이나 스펀지 같은 걸 먹고도 멀쩡한 쥐들을 봤어.」

「돼지도 잡식성이긴 마찬가지지.」

「그건 그렇지만 돼지들은 너희처럼 세상을 지배하겠다는 야욕이 없어. 그들은 조용한 동물이야. 주변과 영리하게 공존하는 삶을 살고 싶어 하지 너희들의 특징인 정복자 기질이 없어.」

칭찬은 고래도 춤추게 한다고 했다.

「나도 처음에는 인정하고 싶지 않지만, 사실은 외면할 수가 없어. 그게 진화의 방향이니까. 티무르, 너는, 머리가 좋은 너희 종 중에서도 특별히 뛰어난 천재 쥐지. 인간들로부터 인공적인 도움까지 받았으니까.」

상대가 내 말을 경청하는 눈치여서 나는 말을 쏟아낸다.

「이곳은 너희 쥐들한테 넘기고 우리는 도시에서 멀리 떨어진 두메산골에 들어가 살게. 춥고 황량하고 사냥감도 찾기 힘든 곳에서 야생 동물로 살아갈게. 우리가 너희 눈에 띄지 않게 도망자처럼 사는 동안 너희들은 대도시에서 ESRAE를 활용하면서 인간들이 이룬 과학적, 문화적 성취를 마음껏 누려. 그들이 만든 기계와 전자 장치, 전기를 쓰고 예술을 감상하면서 살아.」

티무르가 사랑과 유머에 관심이 있을 리는 없겠지…….

새하얀 털에 새빨간 눈이 박힌 쥐가 생각에 잠겨 있다 맞받아친다.

「네가 한 가지 잊고 있는 게 있어. 난 실험동물이었던 내게 고통을 준 인간들에게 복수해야 해. 고양이는 살려 줄 수 있지만 인간은 안 돼. 인간들의 실험을 위해 물에 빠져 허우적거리면서 내가 다짐한 게 있어. 그 해로운 기생충들을 지구상에서 모두 쓸어버리겠다고 말이야. 그들이 이 세계에 얼마나 큰 피해를 끼치고 고통을 주는지 너도 알잖아.」

그의 논리에 장단을 맞춰야 하는 걸 알지만 너무 쉽게 물러서긴 싫다.

「인간들을 용서해 줄 순 없어?」

「넌 이해 못 할 거야. 이 문제는 나 개인의 사소한 원한 차원이 아니라 훨씬 거대한 문제와 연결돼 있어. 인터넷에 접속하고부터 나는 인간들의 행동이 지구에 어떤 결과를 초래했는지 알게 됐어. 대멸망이 일어났을 때는 이미 한계를 한참 넘은 상태였어. 인간들은 쓸모도 없는 물건을 끝없이 만들어 소비하고 낭비했어. 그 식탐은 또 누가 따라갈 수 있겠어? 인간들이 수시로 타고 다니는 자동차와 배와 비행기는 뿌연 오염 물질을 만들어 내고 기온을 상승시켰어. 남극과 북극의 빙하가 녹고 숲이 불타고 야생종들이 사라졌지. 인간들이 〈가축화된 종〉이라고 부르는 동물들은 그들의 노예나 다름없어. 소, 돼지, 닭, 양 같은 동물이 공산품처럼 대량 소비되기 시작했지. 쥐는 인간들이 가장 좋아하는 실험 대상이 됐어. 어린애들이 학교에서 해부 실험을 한답시고 마취도 제대로 안 된 내 동족들을 해부용 칼로 난도질했지.」

그래, 임계점에 다다랐다는 데는 나도 동의해.

「고양이와 개의 신세도 사실 우리와 별반 다를 게 없어. 너희도 똑같은 희생양이지. 인간들이 너희한테 어떻게 했어? 너희가 가진 자연스러운 생식 욕구를 귀찮게 생각해 암수 가리지 않고 수술을 시키잖아. 자기들 좋으려고 너희를 감옥 같은 아파트에 가둬 놓는 건 또 어떻고.」

티무르 말이 다 틀린 건 아니다. 한때 아파트에 살아 본 경험이 있어서 안다. 나도 손잡이를 돌려 문을 열 수 있느냐 없느냐에 따라 갈 수 있는 곳과 없는 곳이 정해졌다. 가끔은 나탈리가 나를 방에 가둬 놓기까지 했었지!
그때 받은 모욕감은 지금도 잊을 수가 없다.

「게다가 인간은 그게 다 자신의 반려동물을 사랑하기
때문이라고 말도 안 되는 핑계를 대지.」

이것도 맞는 소리네. 또 한 점 득점.

「내 말 새겨들어, 바스테트. 네가 〈인간의 문제〉를 어
떤 관점으로 바라보든 그들을 살려 줄 정당한 근거를 찾
기는 힘들어. 인간이라는 종은 지구상의 다른 생명체에
게 해만 끼치는 기생충이야.」

돼지들의 인간 재판에서 검사가 했던 논고를 다시 듣
고 있는 기분이다.

나는 다시 반박에 나선다.

「인간들을 향한 〈작은 불만〉이야 누구나 있지. 하지만
우리가 이렇게 존재할 수 있는 게 그들 덕분이라고는 생
각하지 않아? 인간들이 실험을 할 생각이 없었다면 네가
과연 이 세상에 존재할 수 있었을까? 나도 마찬가지야.
우리 엄마 말이, 내가 태어나 살 수 있게 된 것도 어느 정
도는 인간들 덕분이래. 돼지들조차 결국에 가서는 자신
들에게 삶의 기회를 준 건 인간들이라는 사실을 인정
했어.」

「난 인간들 없이 자연에서 태어나 자유롭게 살았더라

면 얼마나 좋았을까 생각해. 그래서 미래 세대의 쥐들에게, 더 나아가 너희 고양이들을 포함한 모든 동물들에게 그런 기회를 주고 싶은 거야. 다시 강조하지만, 너희가 우리의 우위를 인정하기만 하면 너희와는 얼마든지 잘 지낼 수 있어.」

「급수탑의 스핑크스고양이에게도 네가 그런 제안을 한 적이 있었지. 그의 삶은…… 해피엔드가 아니었던 것으로 기억하는데.」

「스핑크스는 너 같은 카리스마가 없었어. 게다가 널 배신하는 걸 보고 그에게 의심을 품게 됐지. 동족을 배신하는 놈이면 누구든 배신할 수 있다, 상대가 쥐라면 더더욱 그럴 것이라고 말이야. 그는 강건한 부류가 아니었어. 넌 내 말이 무슨 말인지 알 거야, 그런 유약한 부하들을 관리해 본 경험이 있을 테니까.」

물론.

「비록 과거에 우리가 적으로 만나긴 했지만, 난 바스테트 너를 아주 높이 평가하고 있어. 나의 위상에 걸맞은 적수라고 생각하지. 그래서 이 회동을 수락한 거고.」

「고마워. 너에 대한 내 생각도 그래, 티무르.」

나는 그를 유심히 쳐다본다. 핏빛처럼 새빨간 눈동자는 솔직히 공포를 불러일으킨다. 가늘고 긴 분홍색 꼬리는 보기만 해도 몸서리가 쳐진다.

저 꼬리를 채찍처럼 내 얼굴에 휘둘러 대던 순간 앞이 보이지 않았던 기억은 다시는 떠올리기도 싫다.

나는 끈질기게 요구한다.

「내 제안을 받아들일 거지?」

「고양이들에 대해서는 그럴 수 있지만 인간들은 안 돼. 너무 증오하기 때문에 살려 줄 수가 없어.」

젠장. 실패네.

「인간들을 향한 네 증오심은 부당해.」

「아니, 정당해.」

「이유가 뭐야?」

「내가 너한테 되물을게. 인간들한테 우리가 조금이라도 존경할 만한 구석이 있다고 생각해?」

편법을 써야지 안 되겠다.

「인간들과 충분히 오래 살아 보지 않아서 그 질문에 대답할 수가 없어. 그래서 조금 더 같이 살아 보고 싶은 거야.」

「공룡들처럼 인간들도 이 지구상에서 사라져야 해. 나와 너, 고양이와 쥐는 어떻게 잘해 볼 수 있을 것 같은데 인간은 도저히 안 되겠어. 거봐, 내가 묻는 말에 대답 못하고 있잖아.」

인간들한테 조금이라도 존경할 만한 구석이 있냐고?

글쎄, 몇 가지 떠오르긴 하는데 딱히 설득력 있는 게 없다. 괜히 말을 꺼냈다가는 티무르한테 금방 반박당할 게 분명하다. 나는 작전을 바꿔 그의 신상에 관한 얘기를 꺼낸다.

「모름지기 황제라면 감정을 조절할 줄 알아야지. 원한을 갖는 건 쉽지만 용서하는 건 어려워. 용서는 극기가 요구되는 감정이니까.」

「용서라고 했어? 그건 약하고 비겁한 자들의 감정이야. 내 결론은, 인간들을 용서하고 살려 줄 가능성이 전혀 없다는 거야.」

나도 모르게 처형당한 고양이들에게로 자꾸 시선이 향한다. 내게 공포감을 불어넣기 위해 이런 극악무도한 짓을 저지른 티무르를 나는 과연 용서할 수 있을까.

대답은 간단하고 명료하다. 용서할 수 없다. 하지만 내가 못 한다고 해서 용서라는 미덕을 옹호하지 말란 법은 없지.

「원래 협상은 다 어려운 거라고, 협상이 쉽게 이루어지는 건 한쪽이 다른 쪽을 속이기 때문이라고 우리 엄마가 말했지.」

「너희 엄마는 지혜로운 분이셨구나. 알다시피 난 실험

실에서 태어나 엄마의 존재를 경험하지 못했어. 자, 얘길 더 들어 보자. 나한테 뭘 또 제안할 생각이지?」

「내가 타고 다니는 무선으로 작동하는 드론을 너한테 줄게. 그게 있으면 너도 나처럼 자유롭게 하늘을 날 수 있어. 단, 조건이 있어. 인간들 전부는 아니라도 프리덤 타워의 인간들은 살려 주겠다는 약속을 해야 해. 다른 인간들은 상관하지 않을게.」

티무르가 잠시 고심하다 묻는다.

「그 타워의 인간들이 몇 명이나 되지?」

「4만 명. 거기다 고양이 8천 마리와 개 5천 마리가 더 있어.」

「갈 곳은 정해졌어?」

「아직 몰라. 일단 멀리 떠나고 봐야지. 그래야 네가 맨해튼을 수도로 삼아 제국을 건설할 수 있을 테니까. 우리가 떠나면 프리덤 타워를 파괴하지 말고 맨해튼에서 가장 높은 빌딩인 그곳에 터를 잡고 쥐들의 문명을 이룩해. 거기 있는 컴퓨터들을 활용해 다른 나라 쥐들과 연합 세력을 만들면 아무도 네 권력을 넘보지 못하게 될 거야.」

「그런 다음에는?」

「그런 다음에는 우리 고양이들과 인간들이 어쩔 도리 없이 너의 백성이 되어 네 영광을 위해 복무해야겠지. 인간들은 그들이 발명한 무수한 기술을 너한테 제공해 줄 테고.」

티무르가 뭔가 결심한 듯 말한다.

「너한테 테스트를 하나 제안할게. 만약 네가 테스트를 통과하면 프리덤 타워의 인간들을 살려 주는 쪽으로 적극 검토해 볼게.」

놈에게 협상 주도권이 넘어갔다.

「만약에 내가 실패하면?」

「너는 죽고, 나는 인간들의 기술적 도움 없이 나 혼자 힘으로 제국을 건설하는 거지. 아쉽지만 ESRAE는 포기해야겠지. 어차피 불과 화약만 있어도 내 지배력에는 큰 문제가 없을 거야.」

나는 협상의 주도권을 되찾으려고 아이디어를 짜낸다.

「테스트 말고 게임은 어때? 체스 한판 둘래? 대서양을 횡단하는 동안 체스를 배웠는데, 원한다면 한판 붙어 보자.」

티무르가 고개를 흔든다.

「안타깝게도 난 체스를 둘 줄 몰라.」

「가르쳐 줄까?」

「아니.」

「그럼 결투를 한 번 더 하는 건 어때?」

「아니, 넌 동작이 굼떠 나한테는 너무 쉬운 상대야.」

이 말에 나는 티무르가 남다른 반사 신경의 소유자라는 사실을 새삼 떠올린다. 과거 그와 결투를 벌였을 때, 앵무새 샹폴리옹이 때마침 끼어들어 그를 물고 하늘로 날아오르지 않았더라면 어떻게 됐을까 생각하니 오싹 소름이 끼친다.

「어쨌든 내가 원하는 건 게임이 아니라 테스트야. 내가 들려준 과거 얘기를 기억하는지 모르겠지만, 어쨌든 우리가 정말로 대등한 위치에서 협상을 하려면 너도 그때 내가 당한 실험과 똑같은 실험을 당해야 해. 그게 내 조건이야. 네가 실험에서 살아남으면 협상 파트너로 정당하게 대우해 줄게.」

나는 기억을 헤집어 그 끔찍한 이야기를 떠올린다. 실험용 쥐였던 티무르는 잔인한 실험에 이용됐다. 인간들은 투명한 유리병에 물을 채우고 그를 강제로 그 안에 집어넣었다. 그가 발톱을 걸 데가 없는 유리병 속에서 버둥거리다가 삶을 포기하려는 순간 인간들이 밖으로 꺼내살려 줬다. 아니, 살려 줬다기보다는 잠시 꺼내 줬다는게 더 정확한 표현이다. 그렇게 익사 직전에 몇 분 꺼내줬다 다시 물속에 넣으면 그가 삶의 투지를 더 불태우는지 보려는 게 인간들의 목적이었으니까. 그 실험은 인간

과학자들이 희망이라는 감정이 가진 위력을 확인하기 위해 한 것이었다. 그때 티무르는 실험용 쥐들 가운데 최고 기록을 세워 목숨을 보전할 수 있었다지.

「좋아.」

나는 자포자기하는 심정으로 제안을 받아들인다.

티무르가 휘파람 소리를 내자 부하 넷이 이미 물이 채워진 커다란 수조 하나를 낑낑대며 들고 나타난다. 곧이어 또 다른 쥐가 물건 하나를 입에 물고 나타난다. 처음엔 긴가민가했는데 자세히 보니 스톱워치다.

여기 온 것부터가 잘못이었어. 지금이라도 뛰어 달아나면 드론에 올라탈 수 있을지 몰라.

나는 재빨리 비행체 쪽으로 시선을 준다. 벌써 쥐들이 드론을 에워싸고 있다.

「테스트 준비가 완료됐어. 네가 충분히 오래 버티면 네 제안을 긍정적으로 검토해 볼게.」

다른 탈출 방법이 없는지 주위를 휘둘러보지만 가능성이 보이지 않는다. 처형당한 고양이들의 모습이 가슴을 졸아들게 할 뿐이다.

나는 얼렁뚱땅 둘러댄다.

「실은 내가 물에 알레르기가 있어. 그리고 그거 알아? 고양이들은 털이 길어서 물에 들어가면 무거워져. 도저히 헤엄을 칠 수가 없어.」

「헤엄치는 고양이들을 내 눈으로 똑똑히 봤어.」

「이렇게 된 마당에 솔직히 고백할게. 나 말이야, 물 공 포증이 있어. 샤워기로 나를 목욕시키려던 집사를 할퀴 었을 정도로 심해.」

「네가 배에서 뛰어내려 바다에서 헤엄치는 미국 쥐들 과 전투를 벌였다는 걸 들어서 알고 있어.」

「아 그거, 그 얘긴 많이 과장됐어. 내가 일부러 뛰어든 게 아니고 실수로 바다에 빠졌던 거야. 마침 내 고양이 친구가 물에 뛰어들어 구해 줬으니 망정이지 안 그랬으 면 죽었을 거야.」

「네가 다시 갑판으로 올라가서 젖은 몸으로 쥐들과 전 투를 벌였다고 하던데.」

젠장, 멋진 신화 속 주인공이 되면 이런 게 문제다. 아 무리 깎아내리려 해도 멋있어진다니까.

「네 목표 시간은 21분이야. 내가 세웠던 첫 번째 기록 이지.」 티무르가 자랑스럽게 말한다. 「그리 어렵지 않을 거야. 어쨌든 네 폐활량이 나보다는 좋을 테니까.」

그가 USB 케이블을 머리에서 뽑자 제후 쥐들이 기다 렸다는 듯이 널빤지로 만든 다이빙대로 나를 밀기 시작 한다.

스톱워치 버튼을 누르는 쥐는 낯익은 얼굴의 폴. 째깍 째깍 시간이 흐르기 시작한다. 00분 10초.

한 쥐가 나를 다이빙대 끄트머리까지 밀어 수조에 빠트린다.

나는 물에 빠져 잠시 어쩔 줄 몰라 한다.

티무르는 자신이 내린 형벌에 내가 어떤 반응을 보이는지 관찰하고 있다.

너희도 내가 죽을 뻔했던 그 사건 기억하지? 그러면 내가 물을 얼마나 끔찍이 싫어하는지 잘 알 거야. 그땐 배신자 고양이 무리에게 쫓기다 어쩔 수 없이 물로 뛰어들었지. 처음에는 숨이 멎을 듯한 공포를 느꼈는데, 내 몸이 물에 떠 있다는 걸 알게 됐어. 네 다리로 계속 버둥거리니까 가라앉지 않더라고.

그래서 자연스럽게 헤엄의 기술을 터득했지. 헤엄을 친다는 건 아무렇게나 다리를 휘젓는 게 아니라 조화로운 동작의 연속임을 알게 됐어.

내가 수영을 할 줄 안다고 해서 지금 물속에서 무한정 버틸 수 있다는 뜻은 아니다. 게다가 21분이 구체적으로 얼마만큼의 시간인지 나는 모른다. 물에 빠지고 가장 먼저 느낀 것은 당연히 불쾌감이다.

공포감을 떨치고 숨을 크게 들이쉬었다 내뱉기를 반

복해 보자.

나는 눈을 감는다.

호흡을 느리게 만들자.

내가 있는 곳이 어딘지에 대한 지각이 사라지기 시작한다.

심장이 천천히 뛰게 만들자.

내 신체 조직이 슬로 모션으로 작동하게 만들 방법을 찾아야 한다.

됐어, 몸이 말을 듣기 시작했어. 이제 긍정적인 생각을 해보자.

일전에 피타고라스가 참 좋은 말을 해준 적이 있는데, 그게 뭐였더라? 아, 생각난다.

〈네게 무슨 일이 벌어지든 다 너를 위한 것이야. 이 시간과 공간은 네 영혼이 현신을 위해 선택한 차원이야. 네가 사랑하는 이들과 친구들은 네가 가진 사랑의 힘을 깨닫게 해주지. 네 적들과 네 길을 가로막는 장애물들은 너의 저항력과 투쟁력을 확인하게 해주지. 네가 부닥치는 문제들은 네가 누구인지 깨닫게 해주고.〉

글쎄, 티무르의 존재와 물에 빠지는 형벌이 내게 과연 도움이 될까. 굉장히 회의적이다.

고소 공포증이 있던 피타고라스는 추락이라는 비극을

맞았다.

물 공포증이 있는 나는 하필이면 물에 빠져 허우적대고 있다. 우리에게 닥치는 시련들이 우리 자신을 더 잘 알게 해주는 게 아니라 뒤늦은 후회만 하게 만드는 건 아닐까.

지금 내 정신에 힘이 될 한마디를 또 누가 해줄 수 있을까?

그렇지. 엄마.

엄마 역시 이 세상에 없지만 엄마가 남긴 말들은 내 삶의 좌표가 된다. 엄마가 이런 말을 한 적이 있었다.

〈네 정신은 육신에 갇혀 있지 않아. 네 정신은 마음만 먹으면 언제든지, 새장을 떠나는 새처럼 그 육신의 감옥을 벗어날 수 있어. 육신을 벗어난 정신에는 한계가 존재하지 않아.〉

지금의 시련을 견디려면 나를 잊어야 한다. 나는 바스테트에 국한되지 않는다. 나는 고양이에 국한되지 않는다. 나는 뇌와 심장과 폐와 장기를 가진 생명체에 국한되지 않는다.

나는 물질을 초월할 수 있는 순수한 정신이다.

나는 나와 똑같이 생긴 반투명한 덩어리가 내 머리 위로 빠져나가는 모습을 시각화한다. 그런 다음 밖에서 나를 바라본다. 투명한 수조 속 고양이 한 마리가 물 위에 떠 있다. 수조 밖에서 새빨간 눈에 하얀 털을 가진 작은 쥐 한 마리가 고양이를 바라보고 있다. 스톱워치를 든 폴이 보인다. 과연 저 쥐의 정체는 뭘까.

이중 스파이 아니면 적?

내 정신이 높이 떠서 아래를 내려다본다.

바스테트가 죽을지도 몰라. 도와줘야 해.

내가 밖에서 좋은 파동을 보내 신진대사를 느리게 만들어 줘야겠어.

호흡이 더 느려져야 해.

심장 박동이 더 느려져야 해.

몸을 뒤집게 해볼까? 젠장, 왜 진즉 그 생각을 못 했을까? 〈저 고양이〉가 배영을 하면 훨씬 편할 텐데 말이야.

나는 잠시 바스테트의 몸으로 돌아와 몸을 뒤집으라고 암시를 준다. 그녀가 다리를 벌리고 하늘을 올려다보는 자세를 취한다. 지금보다 호흡과 심장 박동이 느려지게 만들 수 있다.

티무르는 여전히 수조 속 고양이에게서 눈을 떼지 못한다.

밖에서 그의 정신을 감지해 보면 뭔가 새롭게 잡히는 게 있지 않을까.

나는 가까이 다가가 그의 정신과 접촉한다.

과거에 겪은 고통이 그의 에너지의 원천임을 알게 된다.

그의 정신은 인간들을 향한 분노로, 자신의 적은 무조건 없애 버리겠다는 파괴욕으로 가득하다.

하지만 나에 대해서는 어떤 나쁜 감정도 느껴지지 않는다. 그러니 내가 이 테스트를 통과하면 분명히 약속을 지킬 것이다.

나는 반드시 해내야 한다.

스톱워치가 17분 37초를 가리키고 있다.

이번에는 내 육신을 향해 다가가 밖에서 관찰해 본다.

내가 육신을 완전히 제어하지 못하게 만드는 두 가지 장애물이 감지된다.

첫째, 죽음의 공포. 회고록도 못 쓰고 죽어야 한다니.

둘째, 원한. 수많은 고양이의 목숨을 앗아간 티무르를 절대 용서 못 해!

이 장애물들에 가로막혀 내 호흡이 들쑥날쑥하고 심장 박동은 여전히 빠른 거구나.

이것들을 뛰어넘어야 한다.

죽음의 공포를 떨쳐야 한다.

그만 티무르를 향한 원한을 거두자. 그는 스스로 최선

이라고 믿는 길을 갈 뿐이야. 내가 쥐였어도 그와 크게 다르지 않았을 거야.

지금부터 그에게…… 사랑에 가까운 감정을 느껴야 한다.

아니, 그건 좀 무리다. 내 정신에도 한계가 있다. 증오를 멈추는 것만도 대단한 일이다.

마침내 호흡이 안정적으로 느려지기 시작한다.

18분 45초.

자, 이제 저 아래 보이는 바스테트와 티무르에 대한 집착을 끊자.

지금부터는 진정한 〈내려놓기〉에 도달해야만 해.

승패는 전혀 중요하지 않아.

내 호흡과 맥박이 더 느려진다.

나는 물에 떠 있는 하나의 나무토막이다. 얼마든지 버틸 수 있다.

20분 5초.

됐어, 이제 목표가 눈앞에 보인다. 나는 바스테트에 국한되지 않는다, 나는 바스테트를 뛰어넘는 존재다.

한때 내가 들어 있었던 고양이의 육신이 물에 떠 있다.

나에 대한 생각을 끊자.

저 육신 속에 나는 없다. 나는 그 위에 있다. 나는…….

별안간 나의 정신이 육신으로 돌아온다. 기진맥진한 상태로 물에 떠 있었다는 사실을 인식하고 내가 몸을 뒤집는다.

온몸에서 통증 신호를 보내온다. 쥐가 나고 경련이 일기 시작한다.

고통을 참지 못하겠어.

나는 네 다리를 허위허위 내저으며 발버둥 친다. 버둥거릴수록 힘은 빠지고 숨은 더 쉬기 어렵다. 이제는 숨이 쉬어지지 않는다.

20분 25초.

끝까지 버텨야 한다.

폴의 손에 들린 스톱워치에 시선이 간다.

20분 43초.

물이 육박해 온다.

숨이 막힌다. 호흡이 가빠지고 심장은 쿵쾅거리고 속은 홧홧 불타는 느낌이 든다.

20분 50초.

허파에 불이 붙은 것 같다. 생각을 모을 수가 없다.

버텨! 버텨!

20분 58초.

드디어······.

21분 00초!

나는 분노에 찬 울음을 토해 낸다. 야아옹!

날 당장 여기서 꺼내!

쥐들이 다가와 나를 물 밖으로 들어 올린다. 그제야 비로소 머릿속에 생각이 하나 일어난다.

내가 테스트를 통과했어!

나는 몸을 푸들거리면서 숨을 들이쉬었다 내쉬었다 한다. 여전히 경련이 그치지 않는 몸이 나도 모르게 옴찔댄다.

성공의 쾌감이 엔도르핀을 몸에 분비하자 핏속을 흐르던 아드레날린이 빠른 속도로 희석되기 시작한다.

나는 차분함을 되찾는다.

내가 이겼어!

나는 꼬리를 포함한 신체 구석구석에 대한 통제력을 되찾는다.

몸을 핥아 물기를 털어 내며 티무르의 반응을 주시한다. 흉한 꼴은 면했다 싶을 때 USB 케이블 한쪽을 내 머리에 꽂고 다른 쪽을 그에게 건넨다.

우리는 접속 상태에서 다시 대화를 시작한다.

「네가 이렇게 강할 줄은 몰랐어.」티무르가 먼저 내게 경의를 표한다.

나도 몰랐어.

「이제 우릴 살려 주는 거야?」

「그래.」

「인간들도?」

「그래.」

티무르는 내가 해냈다는 사실이 믿기지 않는 눈치다. 내게 경외심을 품고 있는 게 느껴진다.

「내가 테스트를 조건으로 내걸었으니 당연히 〈네〉 인간들의 목숨을 살려 줘야겠지. 대신 너한테서 ESRAE와 드론 말고도, 무선 접속이 가능하게 해주는 블루투스 송수신기를 받아야겠어.」

「좋아. 그게 있으면 앞으로 나와 무선으로 대화를 나눌 수 있을 거야. 드론을 원격 조종하는 것도 가능할 테고. 한 가지 네가 알아 둬야 하는 건, 일종의 보안 키 같은 비밀번호를 알아야 드론을 이륙시킬 수 있다는 거야.」

「자, 이제 내 요구 조건을 정리해서 다시 말하겠어. 첫째, 세상의 모든 책과 음악과 사진과 영화가 들어 있는 ESRAE USB를 나한테 줄 것. 둘째, 제3의 눈을 무선으로 쓸 수 있게 해주는 조그만 동글을 나한테 줄 것. 셋째, 인간들이 다시는 이곳으로 돌아오지 않을 것이며 나를 비롯한 쥐들에게 위해를 가하려는 어떠한 시도도 하지 않겠다고 약속할 것.」

이제 협상이 거의 마무리 단계에 왔다.

「물론이야. 우리가 안전하게 떠날 수 있게만 해주면 너를 해치는 짓은 절대 하지 않겠다고 약속할게.」

「내가 너를 살려 두는 이유가 뭔지 알아, 바스테트?」 티무르가 뜬금없이 묻는다. 「너만이 내 고통을 이해할 수 있기 때문이야.」

그가 내 눈을 응시하면서 숨을 깊이 들이마신다.

「나중에 네가 이 일을 기록으로 남겨 주면 좋겠어. 그래서 내가 어떻게 서류(鼠類) 문명을 확립했는지 온 세상이 알게 되면 좋겠어. 쥐가 아닌 동물로는 유일하게 네가 나의 역사가가 되어 우리 쥐들의 이야기를 다른 종에게 전해 주면 좋겠어. 그렇게 해줄 수 있어?」

「알겠어. 단, 내가 여기서 안전하게 나가 프리덤 타워의 식구들을 데리고 떠날 수 있게 해줘야 해. 그러면 너의 존재 가치를 후대에 증언해 줄게. 너를 해치는 어떠한 행동도 하지 않겠다고 약속할 거고.」

그가 즉각 대답하지 않는다. 왼쪽 눈이 씰룩거리는 걸로 보아 망설이는 게 분명하다. 나 자신도 끔찍이 싫어하는 감정인 의심이 지금 그를 붙잡고 놓아주지 않고 있을 것이다.

지금부터 몇 초 사이에 이 세계의 운명이 결정된다고 생각하니 마음이 초조해진다. 내가 얼마나 설득력이 있었느냐에 따라 미래의 모습이 달라질 것이다.

44

에스델 이야기

에스델은 막대한 정치적 영향력을 행사했던 최초의 여성 중 한 명이다. 그녀의 이야기는 페르시아가 이집트에서 터키에 이르는 지역을 침략하고 심지어 인도까지 세력을 넓힌 기원전 480년에 펼쳐진다.

당시 페르시아 왕이었던 크세르크세스 1세는 첫 부인인 와스디 왕후를 못마땅하게 여겨 폐위한 뒤 새로운 왕비감을 찾고 있었다. 그의 목숨을 음모에서 구해 준 적이 있는 모르드개라는 자가 자신의 사촌 동생이라며 에스델이라는 여성을 왕에게 천거했다.

크세르크세스 1세는 그녀에게 한눈에 반해 즉시 왕비로 삼았다.

에스델 왕비는 자신이 유대인이라는 사실을 숨긴 채 결혼한다. 그녀는 페르시아에게 침략당하고 나서 살아남은 유대 왕국의 두 부족 중 하나인 베냐민 지파 사람이었는데, 당시 유대 귀족들은 강제로 페르시아에 끌려와 살고 있었다.

크세르크세스 왕의 총애를 받는 하만이라는 고관 대신이 있었다. 에스델의 사촌 오빠인 모르드개가 유대인이라는 걸 알았던 하만은 모르드개가 자신에게 무릎을 꿇고 인사를 하지 않자 격노해 페르시아 127개 지방에 살고 있는 유대인들을 말살하라는 법령을 왕의 이름으로 공표하기에 이른다.

에스델은 자신이 나서야 할 때라고 생각해 왕과의 식사 자리에 하만을 초대한다. 그녀는 왕 앞에서 왕의 목숨을 구해 준 적이 있는 모르드개가 유대인이며 자신 역시 유대인이라고 밝힌다.

그녀는 하만이 페르시아 왕국에 사는 유대인들을 절멸하는 법령을 제정했다는 사실을 왕에게 고한다. 이미 지방으로 명령이 하달되어 돌이킬 수 없는 상황이라고 판단한 크세르크세스왕은 유대인들에게 방어권을 부여하기로 결정한다. 이틀에 걸쳐 전투가 벌어지는 동안 수천 명이 목숨을 잃었다.

그러나 혼란의 시기가 끝나자 유대인들은 평화롭게 살 수 있게 된 반면 하만은 아들 열 명과 함께 처형되었다.

에스델은 이렇게 자신의 민족을 죽음에서 구하는 데 성공했다. 구약 성경에 나오는 이 사건은 유대교 축일 부림절의 기원이 되었다.

『상대적이며 절대적인 지식의 백과사전』 제14권

45

대탈출

나는 네발로 직접 아스팔트 위를 걷고 있다.

내 앞에 뻥 뚫린 뉴욕의 대로가 펼쳐지고 있다.

내 뒤로는,

인간 4만 명.

고양이 8천 마리.

개 5천 마리.

내 백성들이 뒤따르고 있다.

대로 양쪽으로 쥐 수십만 마리가 역한 체취를 풍기며 도열해 있다.

엄마가 이 광경을 보면 재밌어했겠는걸.

쥐들은 달려들어 공격하고 싶은 마음을 억지로 누르며 우리를 노려본다.

꼬리 끝을 신경질적으로 탁탁 치는 소리가 그들이 느

끼는 짜증을 대변한다.

황제의 명을 거역하진 못하겠지.

갈색 털 사이에 잿빛 털이 군데군데 섞여 있는 모습이 군대의 구성을 말해 준다.

나는 사서 고생하기 싫어 집사의 어깨 위로 뛰어오른다. 편안한 자세를 잡은 다음 그녀에게 명령한다.

「앞으로 쭉 가요.」

인간들은 확실히 명령을 내려 줘야 알지, 안 그러면 우왕좌왕해.

틈만 나면 어미 흉내를 내는 아들 안젤로도 어느새 로망 웰즈의 어깨 위에 올라앉아 있다. 에스메랄다는 로망 뒤에 바짝 붙어 걷고 있다.

우리 공동체는 프리덤 타워를 나와 웨스트 스트리트를 따라 맨해튼 북쪽으로 올라가기 시작한다.

그야말로 서산서해(鼠山鼠海)를 이룬 적들을 보면서 나는 안도감마저 느낀다.

천재적인 우두머리까지 가진 저 대군을 상대해 우리가 이길 가능성은 전혀 없음을 새삼 깨닫는다.

비록 이기진 못했지만 체면은 살리고 졌으니 다행이야. 더군다나 이렇게 모두 목숨이 붙어 있잖아. 살아 있는 한, 기회는 반드시 다시 오게 돼 있어.

고양이-인간 공동체가 맨해튼섬의 북쪽에 위치한, 인간들이 〈헨리 허드슨 다리〉라고 부르는 곳에 도착하기까지 한참 시간이 걸린다.

다리를 건너자 티무르와의 합의대로 쥐들의 모습은 보이지 않는다. 하지만 혹시라도 숨어 있다 공격해 오는 무리가 있을 걸 염려해, 나는 공동체 식구들이 모두 다리를 건넌 걸 확인한 뒤에 임무 수행을 위해 출발하기로 마음먹는다.

〈내 백성들〉이 무사히 헨리 허드슨 다리를 건넜다는 판단이 들자 나는 드론에 오른다. 가죽끈으로 몸을 드론에 묶고 나서 발톱으로 자판을 눌러 비밀번호 〈103 683〉을 친다. 비행체가 공중으로 날아오르기 시작한다.

나는 맨해튼 남쪽으로 내려가 물 위를 날아 리버티섬에 도착한다.

회색 제후 쥐들이 연단 위의 황제를 호위하고 있는 모습이 보인다.

나는 드론을 착륙시키고 나서 몸을 묶은 끈을 풀고 그에게 다가간다.

USB 끄트머리에 작고 동그란 공이 달려 있는 장치를 그에게 내민다.

블루투스 동글.

그가 동글을 건네받아 제3의 눈에 꽂자 드디어 케이블 없이도 대화가 가능해진다.

「자, 이제 우리 합의의 마지막 절차만을 남겨 두고 있어.」그가 인사 대신 내게 한마디 던진다.

내가 그를 향해 목을 길게 늘이자 티무르가 섬세한 손동작으로 1제타옥텟 용량의 인간 지식이 저장된 USB 메모리 펜던트가 달려 있는 내 목걸이의 줄을 푼다.

그 고생을 하고 결국 티무르에게 ESRAE를 넘긴다 생각하니 명치끝이 찔린 듯이 아프다. 하지만 한편으로는 최악은 피했다는 안도감이 든다.

티무르가 흥분한 표정으로 ESRAE를 조몰락거리더니 마치 권력의 상징물인 것처럼 〈나의〉 목걸이를 〈그의〉 목에 건다.

「약속대로 ESRAE를 너한테 줬어. 비밀번호를 입력해야 잠금 상태가 풀려.」

「뭔데?」

「〈wells 103 683〉, 소문자야.」

그가 눈을 감더니 감격한 목소리로 말한다.

「좋아, 작동에 아무 문제 없어. 됐어. 넌 약속을 지켰어. 네가 빈 USB를 건넸으면 대단히 실망했을 거야.」

「앞으로 어떻게 할 작정이야?」

「당분간은 ESRAE로 교양을 쌓고 세계에 대한 이해를 높일 거야. 그러고 나서 내가 높은 식견을 가지게 됐을 때 본격적인 통치를 시작하려고 해. 이 지구상에 존재하는 모든 생명들이 결국에는 〈내 통치하에〉 평화를 누리며 살아가게 만들 거야.」

「우리 고양이와 개, 인간 들의 운명은 어떻게 되는 거지?」

「비서종(非鼠種)은 〈소수 종〉의 자격을 주어 존재를 허용할 생각이야. 당연히 복속의 대상이지. 그리고 목숨을 보전해 주는 대가로 특별한 세금을 징수할 계획이야.」

「잠깐, 네 말을 들으니까 ESRAE에서 너와 이름이 같은 인간 티무르에 대해 읽었던 게 생각나. 그가 자신이 세운 이슬람 제국에서 예외적으로 존재를 인정해 준 〈딤미〉라는 비무슬림 소수 집단이 있었어. 이들은 일종의 하층민으로 무슬림보다 훨씬 많은 세금을 납부하면서도 교육의 기회는 주어지지 않았고 보수가 좋은 일자리도 가질 수 없었다고 해. 이들을 죽이는 건 범죄로 인정하지도 않았대.」

「딤미라고 했어? 좋은 정보 고마워. 내가 비서종에게 부여하려는 지위가 바로 그런 거야.」

티무르는 이미 결심이 확고한 눈치다.

「〈내〉 인간들을 살려 주기로 한 약속은 꼭 지킬 거지?」

「지금 북쪽으로 올라가는 인간들 말이지? 나의 비상을 막지만 않는다면 그들에게도 얼마든지 딤미 같은 자격을 부여하고 존재를 허용해 줄 수 있어.」

「그다음에는?」

「그러지 않아도 그 문제를 고심하고 있어. 이곳 아메리카 대륙에 〈인간 보존 지구〉를 만들어 모여 살게 하면 어떨까 생각하고 있지. 한때 세상을 호령했던 지배종을 제압한 내 치적을 보여 주는 방법일 뿐 아니라 미래 세대 쥐들을 위한 산 교육장이 될 테니까. 내가 직접 글을 써서 우리 쥐들이 과거에 이 인간들로부터 (딤미만도 못한) 하위 종으로 취급받는 고통을 겪었다는 걸 후손들에게 알릴 거야. 너도 아마 동의할 거야. 우리가 어떤 짓을 해도 인간들이 우리한테 한 짓만큼 잔인하기는 힘들어.」

티무르는 인간들을 용서하지 못하겠구나.

절대 그런 일은 일어나지 않겠구나.

증오, 이게 바로 그의 약점이었어.

그와 달리 난 완벽하게는 아니어도 용서에 이를 수 있다. 이 점이 그와 나의 차이다. 내가 언젠가 그를 축출하고 왕위에 오르면, 그보다 훨씬 뛰어난 통치자가 될 수 있는 이유다.

티무르가 주변 냄새를 맡으려는 것처럼 코끝을 미세하게 움직인다.

「이제 이쪽으로 와봐, 바스테트. 너한테 보여 줄 게 있어.」

그가 발가락으로 조각상 머리 부분을 가리킨다.

「나도 알아, 자유의 여신상이잖아.」

「자유의 여신상〈이었지〉.」

그가 별안간 상체를 일으키더니 뒷다리로 바닥을 짚고 선다. 베르사유에서 본 적이 있는데도 여전히 놀라운 광경이다. 그가 날카로운 울음소리를 내는 순간 믿기지 않는 일이 벌어진다.

굉음과 함께 여신상 꼭대기에서 폭발이 일어나더니 머리 부분이 떨어져 나간다.

눈과 코, 나탈리를 닮은 입매를 가진 인간 암컷의 얼굴이 있던 자리에 거대한 구멍이 뚫리고 연기가 피어오른다.

「인간들의 조각상까지 파괴할 셈이야?」

「과거 지배종의 얼굴을 새로운 지배종의 얼굴로 교체하려는 것뿐이야.」

쥐 여러 마리가 부산하게 움직이고 있는 곳으로 그가 나를 안내한다. 아주 커다란 물건으로 짐작되는 것 위에 흰 천이 덮여 있다. 티무르가 다가오는 걸 보더니 쥐들이 천을 걷어 낸다. 합성수지를 깎아서 만든 조각 하나가 모습을 드러낸다.

쥐들이 앞니를 놀려 티무르의 얼굴을 빼닮은 두상을 만들었어!

황제 쥐가 다시 휘파람 소리를 내자 자유의 여신상 꼭대기에 올라가 있는 갈색 쥐들이 밧줄을 아래로 던진다.

아래에 있던 쥐들이 줄을 받아 두상을 묶자 위에 있던 쥐들이 끌어 올리기 시작한다.

폭파된 자유의 여신상 머리 부분에 쥐들이 나타나더니 뚫린 구멍에 두상을 정확히 맞춰 끼워 놓는다.

티무르가 한 번 더 울음소리를 내자 두상의 투명하고 빨간 눈동자 뒤에서 불이 타오르기 시작한다.

인간의 몸에 이글거리는 눈을 가진 거대한 티무르가 완성되는 순간.

「조각상 눈동자 자리에 불이 꺼지지 않게 해서, 그 눈빛의 광채가 내 시선을 연상시키게 하라고 부하들한테 지시했지.」

과연 난놈이야. 밤에 눈에서 불꽃이 타오르는 거대한 쥐 조각상을 보면 어쨌든 멋지긴 하겠어.

별안간 마음속에서 모종의 반감이 치솟아 서둘러 자

리를 떠야겠다는 생각이 든다. 이런 감정을 그에게 들키면 모든 게 수포가 될 수도 있다.

「이제 그만 내 백성들한테 돌아가도 될까?」

「약속대로 드론은 두고 가야지. 물론 떠나기 전에 나한테 조종법도 가르쳐 줘야 하고.」

나는 그에게 기초적인 드론 사용법을 가르쳐 주고 나서, ESRAE 비밀번호의 숫자와 똑같은 〈103 683〉을 입력하면 엔진의 잠금장치가 자동으로 풀린다고 알려준다.

「충전은 어떻게 하지?」

「뒤쪽에 태양 전지판이 붙어 있어. 해가 떠 있는 동안은 비행에 아무 문제가 없어. 단, 밤에는 한 번 충전으로 비행할 수 있는 시간이 한 시간밖에 안 돼.」

그가 나와 접속을 끊더니 가르쳐 준 대로 드론을 작동시킨다.

티무르가 드론을 타고 공중으로 날아올라 자신의 형상을 본떠서 만든 조각상 주변을 빙빙 돌기 시작한다.

아무래도 놈에겐 너무 과분한 선물인 것 같다.

그의 백성들이 놀란 눈으로 쳐다보는 사이 티무르가 비행을 마치고 다시 땅으로 내려온다.

「하중은 얼마까지 견딜 수 있지?」

「약 4킬로그램. 프랑스 쥐 한 마리가 대략 250그램 정도 나가니까 많으면 스무 마리까지 탑승할 수 있을 거야. 미국 쥐들은 살집이 좋으니까 열 마리 정도……」

「나 혼자만 타고 다닐 거야. 솔직히 하늘을 나는 기분이 아주 짜릿해. 고마워.」

「그런데 말이야, 음…… 난 어떻게 돌아가지?」

「수영을 할 수 있잖아. 21분이나 물속에서 견뎠으니 맨해튼과 리버티섬 사이 해협을 헤엄쳐 건너는 게 불가능하진 않을 거야.」

말도 안 돼! 그럴 순 없어! 여왕인 나한테 헤엄을 쳐서 가라고 하다니. 어서 꾀를 생각해 내야겠어.

「파도가 제법 셀 거야. 그리고 비서종 백성들을 위해 너의 역사를 기록할 임무를 맡은 내가 황당하게 물에 빠져 죽는 일이 생겨선 안 되지. 그건 다른 종들이 너의 도래를 둘러싼 우여곡절을 알 기회를 뺏는 거야.」

그가 갑자기 내게 다가들어 냄새를 맡기 시작한다. 혹시 무슨 꿍꿍이가 있나. 아니면 욱해서 나를 죽이고 싶어졌나. 온몸에 소름이 돋는다. 그런데 그가 드론을 가리키며 올라타라고 말한다. 내가 가죽끈으로 그와 나의 몸을 드론에 묶는 동안 그는 말이 없다.

티무르와 나는 쥐들이 놀라서 지켜보는 가운데 해협

을 건너 맨해튼을 향해 날아간다. 잠시 내 몸이 기우뚱하자 그가 재빨리 드론의 각도를 조절해 내가 떨어지지 않게 해준다.

티무르가 나한테 애착을 느끼는구나.

〈우리는 우리가 살아온 이력을 상세히 알고 있는 이들에게 애착을 느낄 수밖에 없어. 이들이 우리 이야기를 남들에게 들려줘 우리를 불멸의 존재로 만들어 줄 수 있다고 믿기 때문이야.〉 엄마 말은 아마도 티무르 같은 경우를 얘기한 게 아니었을까.

티무르와 내가 탄 드론은 북쪽으로 올라가는 인간들과 고양이들과 개들의 행렬 위를 날아서 지나간다.

티무르는 그들과 멀찌감치 거리를 두고 드론을 착륙시킨다. 병력 없이 혼자 왔다가 자칫 인간-고양이 연합군에게 공격을 당할까 봐 두려운 모양이다.

나는 끈을 풀고 드론에서 내린다.

「나는 평화를 바랄 뿐이야.」 쥐들의 황제는 그동안 자신이 저지른 흉악무도한 짓들을 정당화하고 싶어 하는 인상을 준다.

나는 뼈 있는 말로 받아친다.

「나 역시 그래. 다만 우리가 그 단어를 해석하는 방식에는 차이가 있다고 느껴.」

그가 고개를 까딱한다.

「훗날 네가 내 얘기를 쓰게 되면 이거 하나는 알아줬으면 해. 인간이 아닌 다른 종들에 대해서는 난 손톱만큼의 증오심도 없어. 내 말을 믿어?」

「그럼.」

「너와 나는 같은 처지야, 바스테트. 우리는 우두머리니까. 우두머리라면 당연히 이상적인 미래에 대한 비전을 가지고 있어야지.」

나는 즉시 토를 단다.

「한 가지 차이점이 있다면 우리가 그리는 이상적인 미래가 같은 모습이 아니라는 거야.」

「우리 중 누가 더 진화에 잘 적응하는지는 역사가 말해 줄 거야. 내가 널 다시 만날 일은 없을 거라고 생각해. 그래서 말인데, 친애하는 바스테트, 이 말을 너한테 꼭 해주고 싶어. 그동안 너와 논쟁하고 협상하면서 나는 무척 행복했어. 넌 정말 매력적인 암고양이야. 내가 수고양이였으면 분명히 너한테 욕심을 냈을 거야.」

이게 무슨 소리야? 지금 티무르가 날 꼬시는 거 맞지?

내가 〈욕심이 난다〉고?

이런 말은 언제 들어도 기분이 좋긴 하지.

설령 철천지원수 입에서 나와도 말이야.

하지만 난 그에 상응하는 말은 못 해주겠어.

새빨간 눈을 가진 작고 흰 쥐…… 난 별로야, 섹시함이라곤 없어.

「누가 됐든 우리 둘 중 더 진화한 자가 승리하길 바라.」

나는 비장한 말로 작별 인사를 대신한다.

그가 내게 작은 손동작으로 다정함을 표시한다.

그런 그에게 나는 나탈리한테서 배운 제스처로 화답한다. 그를 향해 가운뎃발가락을 뻗어 보이는 시늉. 이게 〈지옥에나 떨어져〉라는 의미를 담은 인간식 인사법이라지.

아직 나는 패배를 인정할 수 없다. 나는 복수를 위한 시간을 기다리며 이를 갈고 있다.

티무르가 드론에 올라타더니 뉴욕 남쪽을 향해 날아간다. 나는 걸음을 돌려 행렬 맨 앞으로 다가간다.

「둘이 무슨 얘길 나눴어?」에스메랄다가 나를 제일 먼저 발견하고 노란 눈을 반짝이며 묻기에 나는 농담으로 대답한다.

「티무르가 내가 탐난대. 그래서 내 타입이 아니라고 퇴짜를 놨어.」

나는 나탈리가 오기를 기다렸다가 어깨 위로 뛰어오른다.

겨우 긴장이 풀린 내가 집사에게 묻는다.

「지금 어디로 가는 거예요?」

「북쪽으로.」

「정확히 어딘데요? 우리 목적지가 어디예요?」

「아 그렇지, 네가 티무르와 독대하느라 그 회의에 참석하지 못했구나. 회의에서 목적지에 대한 합의가 이루어졌어. 흥미로운 곳일 것 같아.」

「어딘데 그래요?」

「보스턴.」

「거기로 정한 이유가 뭐죠?」

「제시카가 보스턴 다이내믹스 공장 측과 연락을 했어. 그 회사도 권위 있는 MIT 출신들이 만들었지. 너도 기억날 거야, 우리가 인터넷으로 통신을 시도했을 때 그쪽에서 응답했잖아. 일반적인 공장이 아니라 아주 성능이 뛰어난 로봇을 생산하는 곳이야. 우리가 도착하길 기다리고 있어.」

뉴욕 외곽의 풍경이 눈에 들어온다. 건물들이 나지막해 도심의 고층 빌딩들처럼 짓누르는 느낌을 주지 않아 좋다.

「오래 걸려요?」

「뉴욕과 보스턴 사이의 거리가 350킬로미터야. 우리가 평균 시속 5킬로미터로 7시간을 걷는다고 가정하면, 하루에 약 35킬로미터를 이동할 수 있어. 이 계산대로라면 지금부터 열흘 뒤에는 보스턴에 도착할 수 있을 거야.」

나는 고개를 틀어 내 뒤를 따르는 프리덤 타워 주민들의 거대한 이주 행렬을 바라보고 나서 집사에게 묻는다.

「어떤 미래가 우리를 기다리고 있을까요?」

「현재에 집중하면서 살자. 어쨌든 우린 살아 있잖아. 그리고 난 지금 멋진 사랑을 하고 있어.」

「로망이랑? 둘이 화해했나 봐요?」

「아니, 성질 급한 말이랑. 네가 협상을 하러 떠났을 때 우리 사이에 연애 감정이 싹텄어.」

웬일로 속전속결이네. 멋져요.

「내가 아기 얘기를 했더니 그가 아빠가 되어 주겠다고 했어. 아이를 낳아 성질 급한 말과 함께 기를 생각이야.」

그녀는 로망과 화해하는 대신 나한테는 의외로 보이는 선택을 했다. 때마침 이야기의 주인공이 다가와 그녀의 손을 잡는다.

「내가 누누이 말했던 감정이 먼저인 사랑이 바로 이런 거야. 너는 이해 못 하겠지만.」

「아기의 진짜 아빠가 다른 사람과 사랑에 빠질 것을 지레 걱정해 그와 헤어지는 게, 그게 당신이 말하는 〈감정이 먼저인 사랑〉이에요?」

「네가 그렇게 냉소적인 건 피타고라스를 잃은 상실감에서 아직 벗어나지 못했기 때문이야.」 나탈리가 맞받아친다.

나는 얼른 집사의 어깨에서 뛰어내려 아들 안젤로를 찾아 주위를 두리번거린다. 그가 혼자 터덜터덜 걸어오고 있다.

「너 킴벌리랑 헤어졌니?」

「으흠! 그보다는 킴벌리가 나랑 헤어졌다고 하는 게 맞을 거예요. 내가 무슨 마음에 안 드는 짓을 했나 봐요. 그게 뭔지 모르겠지만.」

안젤로가 앞발을 들더니 뒤떨어져 다른 수컷과 나란히 걷고 있는 킴벌리를 가리킨다.

「엄마, 곰곰이 생각해 보니까 나한테 커플이란 짝짓기 이상의 의미가 없어요. 내가 정말로 열정을 느끼는 대상은 전쟁이에요. 엄마가 나서서 평화 협상을 체결하긴 했지만, 앞으로 쥐들을 죽일 기회가 생겼으면 좋겠어요.」

이 녀석한테는 질렸어.

나탈리 말이 맞아. 난 피타고라스가 그리운 거야.

나를 이해하지 못하는 이들에게 둘러싸여 혼자 외로움을 느낄 거면 성공이 다 무슨 소용이란 말인가?

나는 전자 기기들이 들어 있는 게 분명한 크고 묵직한 배낭을 메고 걸어오는 로망을 발견하고 어깨 위로 뛰어오른다.

　「나한테 〈그거〉 줄래요?」

　로망이 호주머니를 뒤지며 눈을 찡긋한다.

　「넌 그걸 참 좋아해, 그렇지?」

　「그게 날 〈보완〉해 주는 느낌이 드니까요.」

　그가 USB가 달린 목걸이를 주머니에서 꺼내 보인다.

　「네가 티무르한테 준 원본은 바이러스에 감염된 거야. 30일 뒤에 모든 파일이 손상되도록 프로그래밍을 해놓았어. 그 정도 시간이면 우린 아주 멀리 도망쳤겠지. 그리고 여기 복사본이 있지. 원본과 완벽히 똑같은 거야.」

　그가 목걸이를 내 목에 걸어 준다.

　「1제타옥텟 용량의 텍스트와 사진과 음악과 영화와 동영상이 담긴 세상에 단 하나뿐인 ESRAE는 지금도 그리고 앞으로도 내가 소유할 거예요.」

　「소중히 잘 챙겨.」 로망이 빙그레 웃는다.

　나는 감격에 젖어 목걸이를 만지작거린다.

　나는 지식의 수호자다.

　이 지식의 총체가 목에 걸려 있지 않으면 난 왠지 발가벗은 기분이 든다.

46
기억의 묘실

1937년, 미국 조지아주에 위치한 오글소프 대학교의 총장 손웰 제이컵스 박사는 사라진 과거의 문명들에 대한 정보가 많지 않은 것은 확실하고 물리적인 흔적이 남아 있지 않기 때문이라고 생각했다.

특히 그는 이집트 〈왕들의 계곡〉에 있는 무덤들을 보고 나서 우리가 그 의미를 정확히 모른다는 사실에 충격을 받았다. 그는 오늘날 우리 문명을 구성하는 요소들을 그대로 미래 역사학자들에게 남겨 주기로 했다.

그는 수영장이 있던 자리에 묘실을 조성해 인류의 기억을 보관하기로 결정했다. 수영장 바닥에 가로 6미터 세로 3미터 크기의 방수 묘실을 만든 다음, 밖에서 절대 열지 못하도록 두껍고 녹이 슬지 않는 철판으로 문을 만들어 달았다.

제이컵스 박사는 이 방에 〈문명의 묘실〉이라는 이름을 붙였다. 그는 3년에 걸쳐 일상에 쓰이는 다양한 물건들과 책, 사진, 마이크로필름에 저장한 텍스트 등을 수집해 방을 채웠다.

　　그는 1940년에 문명의 묘실을 봉한 뒤, 8113년 이전에는 절대 들어가지 말라는 안내문을 써서 문에 붙였다.

『상대적이며 절대적인 지식의 백과사전』제14권

제3막

바벨탑

47

북쪽으로

까마귀 떼가 우리 머리 위를 맴돌며 떠나지 않는다.

저 빌어먹을 새들은 우리가 죽기만 기다린다.

벌써 40일째 걷고 있지만 보스턴 다이내믹스는 그림자도 보이지 않는다.

다들 기진맥진해 톡 건드리면 쓰러질 듯이 보인다.

나탈리가 모든 여건을 고려하지 않고 지나치게 낙관적인 계산을 했음이 드러났다. 가령 기상 변화 같은 것 말이다. 수시로 비가 내리는 바람에 우리는 추위에 떨고 진창을 철벅거리며 걸어야 했다.

이따금 출몰해 우리를 위협하는 쥐 떼도 마찬가지다. 티무르의 통제하에 있지 않아 아직 평화 협정 체결 사실을 모르는 쥐들이 기습 공격을 감행해 오곤 한다.

밤에 비가 그치면 쥐들이 언제 우리를 공격해 올지 몰

라 다들 불안에 떤다. 물론 4만 명의 인간과 8천 마리의 고양이, 5천 마리의 개로 구성된 아군이 그들을 물리치는 건 어렵지 않다. 특히 많지는 않아도 화염 방사기와 기관총의 존재가 편안한 밤잠을 자는 데 큰 도움이 된다.

지금까지 우리 측 희생자는 인간과 동물을 합쳐 1백여 명이다. 공동체 규모를 생각할 때 아직 위협적인 수준은 아니다.

그런데 결정적으로 나탈리의 계산에 빠진 것이 바로 쌈질을 좋아하는 인간들의 못된 버릇이다.

인간 정치인이라면 이제 넌덜머리가 난다.

그들은 사소한 문제도 토론으로 해결하자고 모여서는 싸움만 하다 얼굴을 붉힌 채 헤어진다. 음식 배급과 야영지 위치 선정 같은 문제에 이견을 보이다 끝내 주먹다짐을 한 적도 있다.

우여곡절 속에서도 우리는 목표를 향해 꾸준히 나아간다.

최종 목적지는 보스턴 다이내믹스 공장.

고속 도로마다 버려진 자동차들과 부패가 진행된 인간들의 시체가 널려 있다. 쥐와 까마귀에다 파리 떼까지 가세해 시체들을 깨끗한 해골로 만들어 주는 청소 작업을 하고 있는 게 보인다.

오래된 인간 문명은 벌써 무성한 잡초에 뒤덮여 희미한 흔적만 남아 있다.

아스팔트 위로 아카시아가 뚫고 올라오는가 하면 길가에 방치된 자동차들은 지붕까지 가시덤불에 뒤덮였다. 부서진 건물 폐허 속에서 구부정하게 허리를 꺾은 고사리가 자라고 있다.

인간들의 성취가 새에게 뜯어 먹히고 잡초와 거미줄과 먼지에 뒤덮여 종말을 맞는구나.

굶주린 개와 고양이가 길목에 숨어 있다 위험을 무릅쓰고 대열에 접근해 먹을 것을 구걸한다. 우리는 가지고 있던 음식을 나눠 먹이고 그들을 공동체의 일원으로 받아들여 준다.

우리는 늘 먹는 쥐 외에 가끔 토끼와 고슴도치를 잡아 끼니를 해결한다.

혹시 너희들 고슴도치 먹어 봤니? 이게 말이야, 보통 요령이 필요한 게 아니더라.

우리는 쉬지 않고 북쪽을 향해 걷는다.

굳은살이 박인 발바닥 젤리가 땅에 닿을 때마다 아리고 뜨겁다.

하루는 아메리카들소 수백 마리가 줄을 지어 우리 앞에 나타난다. 로망 웰즈는 지나친 사냥으로 멸종 위기에 처했던 들소가 대멸망 이후 다시 번식을 시작한 것 같다고 말한다.

아니면 밖으로 나올 타이밍을 저울질하면서 어디 숨어 있었는지도 모르지.

인간들이 활과 소총을 쏴 소들을 잡더니 공동체 식구들을 다 먹일 만큼 도축한다.

한때 지구상에서 사라질 뻔했다 겨우 소생한 종이라는 걸 알고 나니 고기를 씹는 마음이 편치는 않지만, 솔직히 맛은 끝내준다. 거대한 무리였으니 금방 다시 번식하리라 생각하면서 나는 죄책감을 덜려고 애쓴다.

우리 일행은 북쪽을 향해 걷고 또 걷는다.

얼마 전부터는 박쥐들이 우리 머리 위에서 맴을 돌고 있다. 저 익수목 포유류는 각별히 경계해야 한다. 쥐들이 프랑스에서는 비둘기와 손을 잡더니 미국에서는 박쥐와 동맹을 맺어 공중 전력을 강화하려는 모양이다.

박쥐들이 화약 재료인 질산칼륨을 티무르에게 제공해주더니, 이제는 우리를 염탐하러 온 게 틀림없다.

비둘기와 박쥐, 이 두 종은 내 눈엔 〈하늘을 나는 쥐〉일 뿐이다.

보스턴으로 가는 여정은 길고 험난하기만 하다.

이번에는 바람이 길을 가로막는다. 우리는 맞바람을

뚫고 한 걸음 한 걸음 힘겹게 내디딘다. 바람 소리에 섞여 인간들이 짜그락거리는 소리가 들린다. 하늘의 입김을 제일 먼저 받는 대열의 선두 자리에 서기 싫어 양보 아닌 양보를 하는 모양이다.

그동안 겪은 아픔과 굴곡에 비하면 이까짓 바람은 나한테 아무것도 아니다.

돌풍이 내 털을 쓸어 뒤로 납작하게 눕혀 놓고 지나간다. 나는 바람이 머물지 못하게 귀를 접는다.

힘겹게 한 발짝씩 내디딜 때마다 이제는 내 곁에 없는 사랑하는 존재들이 떠오른다.

나탈리의 남자 친구 토마가 물에 빠트려 죽인 내 다섯 새끼들, 역시 그 토마의 손에 목숨을 잃은 몽마르트르 시절 이웃이자 피타고라스의 집사였던 소피. 엘리제궁에 살았던 대통령의 고양이 볼프강과 불로뉴 숲 서커스단을 도망쳐 나왔던 사자 한니발, 티무르에게 십자가형을 당한 두 친구.

쥐들과 제휴하려다 비참한 최후를 맞은 스핑크스고양이. 마지막 희망호 선상 전투에서 목숨을 잃은 나의 개 친구 나폴레옹과 돼지 친구 바댕테르.

그리고 아메리카 땅을 밟기 직전 추락해 죽은 나의 연인 피타고라스. 자신의 협상 능력을 과신해 화를 자초한

샹폴리옹. 마지막으로 에스메랄다의 연인이었던 불운한 부코스키.

그들에게 행운을 선물해 주지 못해 너무 미안하다.

매번 최선을 다했지만 역부족이었다.

생존한 이들도 차례로 머리에 떠오른다. 새끼들 중에서 제일 정이 가지 않았던 아들 안젤로, 수시로 내 속을 뒤집어 놓는 에스메랄다.

〈좋은 사람들이 먼저 간다〉라는 인간들의 경구에 절로 고개가 끄덕여진다.

나와 가까운 사이가 된 인간들의 얼굴도 떠오른다. 나탈리, 로망, 이디스, 제시카, 실뱅, 힐러리 클린턴 그리고 성질 급한 말까지.

내가 이들과 합심해 문명 세계를 재건할 수 있을까?

아, 그랜트 장군을 깜빡했네! 탱크로 쥐 군단을 밀어 버리겠다고 큰소리를 치다가 실패하자 핵폭탄을 사용하자고 하는 강경파 인간.

그랜트 장군도 적을 과소평가하면 안 된다는 걸 이제 깨달았을 것이다.

나는 집사의 왼쪽 어깨 위로 사뿐히 뛰어오른다.

「우리에게 어떤 미래가 기다리고 있을까요?」

「일단 약속의 땅을 찾고 나서 방벽을 높이 쌓아야지.

앞으로 제시카가 큰 역할을 해주리라 믿어. 보스턴 다이내믹스 공장에는 최첨단 장비들이 많을 테니 오르세 대학교와 비슷한, 아니 더 안전한 요새를 만들 수 있을 거야. 고립된 상태에서 쥐들의 공격을 막아 내며 버텨야지.」

「그게 얼마나 가능할까요? 알다시피 알 카포네는 병력을 무한 생산할 수 있는 번식 센터들을 만들어 놓았어요. 그는 수적 우세를 이용한 자살 특공 작전으로 우리 아군의 전력을 소모시켰죠. 티무르는 당연히 전임자가 구축해 놓은 시스템을 활용할 거예요. 그가 쥐들의 사체를 높이 쌓아 우리 방어 체계를 뚫은 다음 요새 안으로 진격해 들어오지 않으리라 누가 보장할 수 있겠어요?」

「바스테트, 네 생각엔 티무르가 우리를 보스턴까지 쫓아와 공격할 것 같니?」

집사가 이런 전략적인 문제에 대해 내 의견을 구하니 괜히 으쓱해진다. 나를 통찰력과 식견을 갖춘 고양이로 인정해 준다는 뜻이니까. 나한테서 예언가가 될 잠재력을 발견했다는 뜻이니까. 이런 집사를 실망시켜선 안 되지.

「〈쥐의 평화〉가 완성되고 나면 그건 당연한 수순이에요. 반대 세력은 무조건 제거하는 게 전체주의 시스템의 작동 원리니까. 그들은 항상 무력을 통한 팽창을 꿈꾸죠. 그들의 체제 유지를 위해 그건 선택이 아니라 필수예요. 외부의 적을 무찌르고 나면 그다음은 또 내부를 단속하려 들겠죠.」

「마치 전문가 같은걸. 그런 지식은 어디서 다 배웠어?」

「ESRAE를 읽고 알았어요. 문화 대혁명을 일으킨 마오쩌둥 같은 독재자가 대표적으로 그런 경우가 아닐까 생각해요.」

「무슨 말인지 알겠어. 지금 상황을 낙관적으로 볼 수 없다는 데는 나도 동의해. 아무리 첨단 기술을 동원한다 해도 수백만의 쥐 군단에 맞서는 건 불가능할 테니까.」

「적들의 공격을 수동적으로 방어하는 데만 그쳐선 안 돼요. 그건 장기적인 해결책이 아니에요. 어떻게든 우리가 주도권을 되찾아와야 해요.」

「무슨 수로?」

「집사가 나한테 상상력이야말로 모든 문제를 해결할 수 있는 열쇠라고 말해 준 적이 있죠?」

「그랬지. 한데 지금 우리가 대적하는 상대는 보통 강한 게 아니니까 걱정이지.」

나는 살짝살짝 흔들리는 집사의 어깨에 앉아 엄마가 했던 말을 떠올린다.

〈극복할 수 있는 시련들만 우리에게 닥치니 너무 걱정 말거라.〉 그래, 무슨 해결책이 있을 거야. 지나간 일들을 떠올리면서 이번 일에 교훈이 될 만한 것을 찾아보자. 아이디어가 떠오를 듯 말 듯 하다. 〈등잔 밑이 어둡다〉라는 인간들 말대로 가까이에 해결책이 있을 것 같은데 말이야.

그게 뭘까. 아무리 생각을 쥐어짜도 해답이 떠오르지 않는다.

나는 지루하고 답답한 마음에 또다시 지나온 시간들을 되짚어 본다. 수많은 전투, 승리의 환호성, 뼈아팠던 패배, 험난했던 여정, 티무르와의 독대……

어디서부터 어떻게 해결의 단초를 찾아야 하지? 기술적으로 복잡하지도 않고 아주 쉽고 단순한 방법이 분명히 있을 것 같은데, 그게 대체 뭘까. 내 정신의 능력으로 얼마든지 풀 수 있는 문제로 느껴지는데 왜 이렇게 윤곽이 잡히지 않는 걸까. 혹시 문제에 접근하는 내 방식이 잘못된 걸까.

다시 빗방울이 하나둘 떨어지기 시작한다.

혹시 지구가 우리를 미워해 비를 내리는 건 아닐까.

그건 모르겠지만 비가 내릴 때 지구를 미워하는 마음이 생기는 건 어쩔 수 없다.

나는 비가 싫다.

나는 바람이 싫다.

나는 쥐가 싫다.

나는 해결책을 찾기 위해 머리를 쥐어짜야 하는 게 싫다.

내가 해결책을 찾아내지 않으면 우리 고양이들과 인간들이 서서히, 그러나 반드시 지구상에서 사라질 운명에 처하리라는 것을 알기 때문이다.

48
인간이 사라지면 어떤 일이 벌어질까?

인류가 갑자기 지구상에서 사라지면 어떤 일이 벌어질까?

10일 뒤: 먹이를 먹지 못한 가축들이 굶어 죽기 시작한다.

1개월 뒤: 원자력 발전소의 냉각 시스템이 가동하지 않아 원자로의 노심 용융이 일어나면 체르노빌 사태 같은 대규모 폭발이 연쇄적으로 발생한다. 방사능 누출로 인해 취약한 생물 종부터 서서히 죽게 된다.

6개월 뒤: 위성들이 궤도를 이탈해 추락하기 시작한다.

1년 뒤: 온대 지방에서 식물들이 무성하게 자라 주택, 빌딩, 건축물, 도로를 뒤덮는다. 정원과 들판이 잡초로 뒤덮인다. 다시 울창해진 숲이 이산화탄소를 빠르게 흡수한다.

5년 뒤: 지구의 기온이 낮아지고 겨울이 이전보다 더 추워진다. 유럽에서 사냥 때문에 개체 수가 감소했던 토끼, 사슴, 여우, 늑대, 멧돼지, 곰 같은 동물 종이 다시 번성한다. 생태계 전반에서 생물 다양성이 증가한다.

30년 뒤: 건물들이 무너지고 폐허가 된 터는 동물들의 서식지가 된다. 바다에서는 산호초가 다시 만들어지고 남획으로 고갈되었던 참치, 상어, 고래, 돌고래 등이 다시 번식하기 시작한다. 반면에 해파리의 개체 수는 줄어들게 된다.

2백 년 뒤: 공기 중에서 인간이 배출했던 이산화탄소가 완전히 사라진다. 댐이 없어져 강이 원래의 물길을 따라 다시 흐를 수 있게 된다.

3백 년 뒤: 현수교 같은 대형 강철 구조물들이 녹이 슬어 결국 붕괴하고 만다. 에펠탑도 예외가 아니다.

5백 년 뒤: 숲에 서식하는 동물상(動物相)이 1만 년 전의 모습을 되찾는다.

2만 5천 년 뒤: 핵폐기물이 비활성화되기 시작한다.

5천만 년 뒤: 석재 건축물은 지구상에서 사라진 지 이미 오래지만 플라스틱 쓰레기는 여전히 남아 있다.

1억 년 뒤: 플라스틱 폐기물마저 사라져 인간이 지구

상에 존재했다는 흔적은 어디에도 남아 있지 않게 된다.

『상대적이며 절대적인 지식의 백과사전』 제14권

49

약속의 땅

맨해튼 프리덤 타워를 떠나온 지 벌써 43일째.

우리는 인간 문명의 폐허와 잔해 속에서 북쪽을 향해 무거운 발걸음을 옮긴다.

멸망한 문명의 모습은 프랑스나 미국이나 다르지 않다는 생각이 든다.

지금 내 눈앞에 펼쳐지는 광경들은 아메리카 대륙에 도착하기 전 ESRAE에서 봤던 드라마 「워킹 데드」 속 장면들을 떠올리게 한다.

하지만 그것은 다큐멘터리가 아니라 픽션이었고…… 내가 본 것은 상상 속 좀비들이었지만, 지금 우리를 위협하는 것은 실재하는 쥐들이다.

드디어 어느 화창한 오후, 저 멀리 보스턴 다이내믹스 공장이 눈에 들어온다.

그보다는 보스턴 다이내믹스의 방어선이 보인다고 하는 것이 더 정확한 표현일 것이다. 파란 눈에서 광채가 빛나는 로봇 고양이 백여 마리가 방어선을 치고 있는 게 보인다. 은색 로봇들은 명령을 기다리는 듯 부동자세로 앉아 우리를 주시한다.

우리가 접근하자 로봇 고양이들이 일제히 몸을 일으키더니 냄새 맡는 시늉을 하며 우리 쪽으로 다가온다.

그들의 독특한 외형이 눈길을 끈다.

몸체는 반짝이는 금속으로 만들어졌고 관절 연결 부위는 자세히 봐야 보일 정도로 이음새가 매끈하다. 나한테는 제3의 눈이 있는 자리에 그들은 카메라가 한 대씩 달려 있다. 뾰족한 이빨이 드러나 있고 총신으로 짐작되는 물체가 입 밖으로 삐져나와 있다.

역시나 금속으로 된 가느다란 막대들이 수염처럼 뻗어 있고, 귀는 방향을 틀며 회전한다. 강철 발톱을 자유자재로 뺐다 넣었다 하는 모습도 인상적이다.

로봇 고양이들이 우리를 유심히 관찰하는 모습이 마치 공격의 전조처럼 느껴져 나는 몸을 움츠린다.

하지만 로봇들은 우리 대열 앞에 서더니 뒤따라오라는 신호를 보낸다.

나는 진짜 고양이와 다름없는 그들의 유연한 몸놀림

에 놀라움을 금치 못한다. 심지어는 살아 있는 고양이처럼 꼬리를 살랑살랑 흔들어 대기까지 한다.

이전에는 벽돌과 시멘트, 콘크리트로 만든 담장이 서 있었을 자리에 지금은 투명하고 매끈한 유리 방벽이 솟아 있는 게 보인다. 방벽 모퉁이마다 설치된 망루에는 기관총 총구가 삐죽삐죽 튀어나와 있다. 별안간 망루들이 레이저 빔을 쏘아 대기 시작한다.

안 돼! 제발! 난 빨간 불빛 앞에선 약해진단 말이야!

나는 큰일 났다 싶어 발을 동동 구른다. 레이저 불빛만 보면 만사 제쳐 두고 놀고 싶은데 어쩌면 좋아. 눈치 빠른 에스메랄다가 내 귀에 대고 속삭인다.

「네가 지금 무슨 생각하는지 난 알아. 나도 마찬가지니까. 하지만 절대 충동적으로 행동하면 안 돼.」

그녀는 내게 자극을 주기 위해 곳곳에 쌓인 쥐들의 사체를 가리킨다. 고양이 몇 마리가 빨간 점을 향해 달려가기 시작한다. 어떡해, 유혹에 넘어간 모양이야.

망루 위의 기관총들이 기다렸다는 듯이 불을 뿜는다.

중독이 이렇게 무서운 거야. 빨간 불빛의 유혹을 참지 못한 죄로 고양이 몇 마리가 또 이렇게 가는구나.

나는 에스메랄다를 흘깃 바라본다.

에스메랄다는 어떻게 이걸 예상했을까?

자지러지던 기관총 소리가 갑자기 멎는다. 총을 맞고 바닥에 쓰러진 고양이는 대부분 어린 새끼들이다. 쥐와 비슷한 형체를 식별하는 프로그램이 사격 장치에 내장돼 있을지도 모른다고 나는 생각한다.

빨간 레이저들도 일제히 꺼진다.

순간 나는 『아기 돼지 3형제』 이야기를 떠올린다. 아기 돼지들은 짚으로 지은 집과 나무로 지은 집이 무너지자 벽돌로 지은 집으로 도망쳐 목숨을 구했다. 우리의 여정도 그와 비슷해, 쥐들의 공격을 견딜 수 있는 보다 견고한 곳을 찾아 계속 옮겨 다녔다. 담장에 전기 철조망을 두른 오르세 대학교에서 콘크리트로 지은 월드 파이낸셜 센터로, 다시 초고성능 콘크리트로 지은 프리덤 타워로, 그리고 지금 여기, 유리 방벽에 로봇 고양이에 자동 화기가 배치된 망루까지 있는 보스턴 다이내믹스 공장 겸 요새로.

우리도 나날이 발전하고 있군.

투명한 유리 담장과 달리 출입문은 불투명한 소재로 만들어져 있다. 문 앞면에는 거울이, 꼭대기에는 수많은 카메라가 달려 있다. 우리가 다가가자 슬라이딩 도어가 양쪽으로 열리면서 길을 내준다.

그랜트 장군이 성큼성큼 걸어 들어가자 힐러리 클린

턴이 뒤를 따른다. 나도 나탈리, 로망과 함께 종종걸음으로 따라 들어간다.

문턱을 넘자 공장 내부가 펼쳐진다. 말이 공장이지 넓은 대지 위에 인간의 도시가 형성돼 있다. 아담한 정원들과 공원들이 보이고, 녹지대와 넓은 경작지가 시원하게 펼쳐져 있다. 외벽을 노란색으로 칠한 5층 이하의 낮은 건물들이 군데군데 서 있다.

우리는 로봇 고양이들의 안내를 받아 제일 큰 건물 안으로 들어간다. 감압실 두 개를 통과하자 초현대식 건물의 내부가 모습을 나타낸다. 난방 탓인지 실내가 후덥지근하게 느껴진다.

하나같이 안경을 쓴 하와이안 꽃무늬 셔츠 차림의 인간들이 우리를 맞는다. 대략 80대쯤으로 보이는 노인들이다. 힐러리 클린턴과 그랜트 장군이 다가가 대화를 시작한다.

나는 그들 가까이 서 있는 나탈리의 이어폰에 달린 마이크 덕분에 대화를 따라간다.

「쥐들이 우릴 뉴욕에서 쫓아냈어요.」의장이 말한다.

「우리 공동체에 피난처를 제공해 줄 수 있습니까?」그랜트 장군이 말끝을 잇는다.

가장 나이 들어 보이는 대머리 노인이 앞으로 나와 자

신을 소개한다.

「마크 레이버트라고 합니다. 보스턴 다이내믹스의 창업자이자 대표죠. 현재 우리 공동체는 인간 2천 명에 고양이와 개가 각각 5백 마리, 2백 마리 정도입니다. 제시카 넬슨 씨에게 여러분이 오신다는 연락을 받고 맞을 준비를 해두었어요.」

그가 나무에 둘러싸인 공터로 우리를 안내한다. 벌써 대형 흰색 텐트가 여러 개 세워져 있다.

「여기서 지내시면 됩니다. 텐트 하나에 스무 명가량 들어갈 수 있어요. 안에는 침대와 수납공간은 물론이고 욕실과 화장실도 갖춰져 있어요.」

웬만한 주택 크기의 널찍한 텐트에 나탈리와 성질 급한 말 커플이 힐러리 클린턴, 그랜트 장군과 함께 자리를 잡는다. 나도 안젤로와 에스메랄다를 데리고 그 텐트로 들어간다.

로망과 실뱅, 제시카, 이디스는 바로 옆 텐트에 거처를 정한다. 여장을 풀자마자 마크 레이버트가 우리 텐트를 찾아온다.

「친애하는 대통령님께 제가 이곳을 직접 구경시켜 드리려고 하는데 어떠세요?」

힐러리 클린턴과 그랜트 장군이 벌떡 일어나 마크 레

이버트의 뒤를 따라간다. 횡재다 싶었는지 나탈리도 그들을 따라 텐트를 나선다. 나는 얼른 집사의 어깨 위로 뛰어오른다.

텐트들이 있는 공터를 가로질러 걷기 시작하는 마크 레이버트의 뒤통수에 대고 힐러리 클린턴이 묻는다.

「당신들은 어떻게 쥐들의 공격에 대비하고 있는지 궁금하네요.」

레이버트가 손가락으로 딱 소리를 내자 로봇 고양이 한 마리가 그의 어깨로 뛰어올라 내가 하듯이 균형을 잡고 앉는다.

「이 로봇들이 우릴 지켜 주고 있어요. 우리 공장은 처음에 군수용 로봇을 만들기 시작해 산업용 로봇으로 제품을 확대해 왔어요. 〈스폿〉이라는 로봇 개가 우리 공장의 대표적인 상용 로봇이죠. 인공 지능을 갖추고 있어 실제 개가 하는 동작을 거의 다 할 수 있어요. 대멸망 이후에 군에서 보다 성능이 뛰어난 차세대 스폿을 개발해 달라는 요청을 받고 로봇 고양이를 개발하게 됐죠. 지금 보시는 〈카츠〉 말이에요.」

그가 어깨 위의 고양이를 가리킨다.

「이 녀석은 가장 첨단 버전인 카츠 007이에요. 송곳니를 이용해 마취제나 독약을 분사할 수 있죠. 카츠 007은 모델에 따라 입 안에 권총이나 기관총, 화염 방사기, 유탄 발사기가 장착돼 있기도 해요. 눈에는 적외선 카메라가 붙어 있고 수염은 레이더와 안테나 기능을 해요. 코에는 냄새 감지 센서가, 귀에는 마이크가 달려 있죠. 인공지능을 통해 알아서 움직이는데, 행동이 민첩하고 공격적이어서 쥐들을 잡아 죽이는 건 식은 죽 먹기죠. 단, 아직 숫자가 충분하지 않은 게 문제예요.」

「얼마나 되죠?」

「3천 마리밖에 되지 않아요. 카츠 3천 마리와, 망루마다 설치된 자동 화기로 지금까지는 그럭저럭 공격에 버텼지만, 공장 밖으로 나가는 건 불가능해요.」

「더 제작을 하지 않는 이유가 뭐죠?」

「원자재가 부족해서예요. 지금으로서는 로봇 제작에 필요한 금속과 플라스틱을 구해 오는 보급 작전을 펼치기가 불가능해요.」

마크 레이버트가 경작지를 가리키며 덧붙인다.

「우린 여기서 큰 불편 없이 지내고 있어요. 여러분도 마찬가지일 거예요. 사실 부족한 게 아무것도 없어요. 곡식뿐 아니라 채소, 과일까지 자급자족할 수 있으니까요.」

「병력과 운영 체계는 어떻게 됩니까?」 그랜트 장군이 묻는다.

「무기는 당연히 있고, 세계 어디든 살펴볼 수 있는 자체 위성도 가지고 있어요. 물론 드론도 있고요. 그 밖에도 여러분이 좋아할 만한 소소한 것들이 꽤 많아요. 절 따라오시죠.」

그가 우리를 데려간 곳은 첨단 기술과는 무관한 식품 공장이다.

「여기서 치즈를 생산하고 있어요. 몇몇 기계를 개조해 치즈를 생산하는 용도로 쓰고 있죠. 여기 이 나무통들에서는 포도주를 숙성시키고 있어요. 그리고 이 압착기들은 올리브유를 만드는 데 써요. 이쪽으로 오시죠. 여기선 빵을 굽고 있어요.」

인간 셋은 마크 레이버트의 권유에 따라 포도주 한 잔에 치즈를 얹고 올리브유를 묻힌 빵을 한두 조각 먹더니 천국에 가 있는 듯한 황홀한 표정을 짓는다.

「대멸망 이후 우리는 대부분의 공장 설비를 다른 용도로 사용하고 있어요. 가령 이 기계로는 비누를 만들고 있죠.」

그의 말투에 강한 자부심이 묻어난다.

「빵과 치즈, 포도주, 올리브유에 비누까지 있으니 예전과 비슷하게 문명 생활을 누리는 셈이죠. 별것 아닌 것같지만 청결을 유지하고 맛있는 음식을 먹을 수 있으면 인간으로서의 존엄을 지키고 자부심을 느낄 수 있어요. 지금 보여 드릴 물건은 여러분이 무척 좋아하실 것 같아요…….」

그가 커다란 기계 하나를 가리킨다.

「정육을 다지는 도구 아닌가요?」 힐러리 클린턴이 깜짝 놀라며 묻는다.

「맞아요. 햄버거에 들어가는 쥐 고기를 다지는 기계죠.」

나탈리의 감격스러운 반응이 멀리까지 파동으로 전해져 온다.

「그리고 이건 인공 향미〈소고기 바비큐 맛〉을 첨가하는 기계예요.」

이 말에 인간 셋은 한동안 말을 잃는다.

마크 레이버트가 다시 발걸음을 옮기기 시작한다. 로봇들로 장식된 응접실 같은 곳이 나타난다. 회장이 손짓을 하자 그와 비슷하게 생긴 남자 하나가 작은 상자를 들고 와 바닥에 내려놓는다. 보스턴 다이내믹스 회장이 상자 뚜껑을 젖히더니 신문지에 싼 햄버거를 꺼내 하나씩 나눠 준다.

「환영의 의미로 드리는 선물이에요. 맛있게 드세요.」

인간들이 떨리는 손으로 햄버거를 하나씩 받아 들고

감격해서 어쩔 줄을 모른다. 재빨리 냄새를 맡더니 게 눈 감추듯 먹어 치운다.

나도 인간들을 흉내 내보기로 한다. 노릇노릇하게 구워진 빵을 들춰 보니 살짝 탄 듯한 고기 위에 녹인 치즈, 동그랗게 자른 토마토, 구운 양파, 피클이 겹쳐져 있고 케첩이 뿌려져 있다.

세계를 지배하기 위해 잡식성이 되어야 한다면, 좋아, 나부터 기꺼이 변신을 시도하겠어.

이 햄버거부터 시작해 보자.

솔직히 요즘 들어 날고기보다 구운 고기가 더 좋은 것 같다.

혹시 내가 인간화 과정을 겪고 있어서 그런가.

레이버트 회장이 일행을 최신 장비가 갖춰진 실험실로 안내한다. 스크린들, 그리고 진화 단계를 보여 주는 다양한 모델의 로봇들이 방을 꽉 채우고 있다.

인간과 유사한 2족 로봇 개발에도 성공한 모양이야!

로봇의 첨단화와 경량화를 한눈에 보고 나서 통유리 창 앞에 서자 멀리 경작지와 과수원이 파노라마처럼 펼쳐진다.

대멸망 이후 인간들은 살아남기 위해 생태주의자가 될 수밖에 없었던 거야.

어디서인지 종소리가 울리자 인간들과 고양이들이 공장 구내식당으로 모여든다. 지치고 허기진 몸으로 보스턴에 도착한 프리덤 타워 공동체는 모처럼 식사다운 식사를 한다. 빵과 구운 고기에 포도주까지 곁들인 와자지껄한 식사 자리가 오랫동안 이어진다. 여기저기서 웃음소리와 노랫소리가 들려 온다.

고생 끝에 낙이 온다더니.

하지만 나는 긴장을 늦추지 않은 채 촉각을 곤두세운다.

이곳에 무슨 감춰진 문제가 있는 건 아닐까?

나는 파동을 감지하기 위해 수염을 팽팽히 뻗는다.

안젤로가 다가오며 작은 목소리로 말을 건다.

「저 금속 고양이들 진짜 멋지지 않아요? 쥐들을 한 방에 보낼 수 있을 것 같아요.」

나는 못 들은 척하며 옆에 있는 집사에게 묻는다.

「집사는 여길 어떻게 생각해요?」

「안전한 곳에 와 있다고 생각하니 일단 안심이 돼. 한 발짝도 더 내디딜 수 없을 것 같을 때 때마침 도착했어.」

역시 나탈리다운 대답이다.

「앞으로 어떻게 되는 거죠? 첨단 기술로 무장한 이곳에서 고립 상태로 지내면서 전 세계가 티무르의 지배하에 들어가는 걸 지켜보는 건가요? 그의 관심이 우리한테 미치지 않길 바라면서?」

「왜, 아이디어 창고인 너한테는 무슨 더 좋은 방법이라도 있니?」

그녀의 말에 가시가 돋친 게 느껴지지만 나는 무덤덤하게 받아넘기려고 애쓴다.

「복수를 계획해야죠. 맨해튼을 되찾아야죠.」

「그게 불가능한 건 너도 알잖아. 적들은 압도적인 대군인 데다 ESRAE까지 손에 넣었어. 앞으로 살상 무기를 무수히 만들어 우리를 공격할 거야.」

「그러니까 우리가 놈들의 폭주를 막아야죠. 저들이 대포를 개발할 때까지 가만히 앉아 지켜보고만 있을 거예요?」

별안간 식당 밖에서 큰 소리가 들리자 우리는 깜짝 놀라 뛰어나간다. 소리의 진원지를 찾다 보니 야영지 한가운데서 모닥불이 타오르는 게 보인다. 인간들이 둘러앉아 기타를 치며 노래를 부르고 있다. 일어서서 춤을 추는 이들도 눈에 띈다.

인간이란 정말 이해 불가능한 동물이다. 이 마당에 축제를 벌이다니. 하긴 ESRAE에서 보니, 영화「타이타닉」에 나왔던 장면인데, 배가 침몰할 때 악사들이 승객들 앞에서 「내 주를 가까이」라는 찬송가를 연주하더군. 내 생각엔 인간들이 음악이 가진 위로의 힘을 과신하는 것 같다.

난 음악보다는 정신의 힘을 더 믿는다. 과거와 미래를 동시에 고려해 현재의 결정을 내린다. 특히나 잠을 잘 때 좋은 아이디어가 많이 떠오르는 편이다.

나는 혼자 조용히 텐트로 들어가 밖에서 꽝꽝거리는 음악 소리를 들으며 잠을 청한다.

나는 내 에너지의 원천인 꿈의 세계로 들어간다. 아니나 다를까, 엄마가 제일 먼저 나타나 나를 맞아 준다.

「엄마, 날 좀 도와줘요. 뭘 어떻게 해야 하는지 알려 주세요.」

엄마가 크게 웃는다.

「왜 웃어요?」

「방법이 없으니까! 그냥 세상의 멸망을 기다리면서 즐기렴. 희망을 버리고 그냥 먹고 마시고, 웃고 떠들고, 노래하고 춤추렴.」

「난 어떤 상황에서도 해결책을 찾아내는 엄마가 참 대단하다고 생각했어요. 그런데 방금 엄마가 한 말은 틀렸어요. 분명히 방법이 있을 거예요. 이 세상을 쥐들에게서 구할 방법을 내가 찾을 거예요. 난 자신 있어요.」

이번엔 피타고라스가 등장한다.

「너희 엄마 말씀이 맞아. 네가 머리가 뛰어나고 투지가 좋은 건 인정하지만 이번엔 너무 강적을 만났어. 그들과 대결하는 건 역부족이야.」

나는 악을 쓰며 대답한다.

「난 포기하지 않을 거야.」

티무르에게 십자가형을 당한 사자 한니발도 나타나 걱정스러운 표정을 짓는다.

「쥐들에 비하면 너흰 한 줌밖에 안 돼. 네 용기와 투혼은 가상하지만 그것만으로 적들과 맞설 순 없어.」

티무르에게 죽임을 당한 옛 친구들이 줄지어 나타나며 한마디씩 한다.

「이제 그만 포기하는 게 좋겠어.」 볼프강이 한숨을 내쉰다.

「어차피 끝난 게임이야.」 부코스키도 비꼬는 투로 말한다.

「쥐들에게서 멀리 도망쳐 오래 살아남을 방법을 찾아보렴. 그게 최선이야. 아무 생각 없이 마시고 취하고 즐기다 갈 수 있으면 더 좋겠지. 딸아, 세상을 구하겠다는 생각은 그만 버리고 모든 걸 내려놓으렴. 그저 마지막 순간까지 즐기다 우리한테 오렴. 우린 너를 기다리고 있단다.」

엄마가 부드러운 음성으로 다시 나를 설득한다.

「우린 너를 기다리고 있어.」 피타고라스의 목소리가 들린다.

「우린 너를 기다리고 있어.」 다른 친구들의 목소리가 메아리처럼 울려 퍼진다.

50

보스턴 다이내믹스

보스턴 다이내믹스는 MIT 교수 출신인 마크 레이버트에 의해 1992년 설립됐다.

2013년 구글에 인수되었으나, 보스턴 다이내믹스가 군용 로봇을 제조한다는 사실 때문에 자칫 부정적인 이미지를 얻을 것을 염려한 구글이 일본 소프트뱅크에 매각했다. 이후 2020년, 한국의 현대 자동차 그룹이 보스턴 다이내믹스를 다시 인수하게 된다. 보스턴 다이내믹스는 설립 초기에 〈펫맨Petman〉, 이어 〈아틀라스Atlas〉 같은 휴머노이드 로봇을 선보이며 세상의 이목을 끌었다.

아틀라스는 인간과 비슷하게 생긴 신장 1미터 80센티미터짜리 로봇이다. 보통은 두 다리로 움직이지만 지형이 고르지 않은 곳에서는 네 다리로 이동하도록 설계돼 있다. 손에는 촉각을 가진 손가락 다섯 개가 달려 있고 머리에는 카메라와 레이저 거리 측정기가 부착돼 있다.

2016년, 보스턴 다이내믹스는 한층 더 업그레이드된 아틀라스를 선보였다. 배터리로 구동되는 아틀라스는 이전 로봇들과 달리 넘어져도 스스로 일어날 수 있게 설계되었다.

보스턴 다이내믹스는 휴머노이드 로봇 외에 4족 로봇인 〈빅도그BigDog〉와 6족 로봇인 〈렉스RHex〉를 비롯한 동물형 로봇도 생산하고 있다. 렉스는 방수 기능이 뛰어나 진흙탕이나 눈 속, 늪지에서도 이동이 가능하다.

2019년, 보스턴 다이내믹스는 〈스폿Spot〉이라는 로봇 개를 개발해 선보인다. 몸길이 1미터에 무게가 32킬로그램인 이 로봇은 한 번 충전으로 90분 동작이 가능하다. 계단을 오르내릴 수 있고 중량 14킬로그램까지 물건을 옮길 수도 있으며 방수 기능 또한 갖추고 있다.

『상대적이며 절대적인 지식의 백과사전』 제14권

51

요새

느지막이 잠에서 깨자 해가 공장 위로 높이 걸려 있다. 야영지를 둘러보려고 산책길에 나섰는데 뭔가 부산함이 감지된다.

인간들이 회의장으로 쓰이는 대강당을 향해 발걸음을 옮기는 게 보인다.

부족 대표단 회의를 개최하면서 날 부르는 걸 깜빡한 모양이구나!

나는 103번째 고양이 부족의 대표로서 서둘러 발걸음을 옮긴다. 다행히 회의가 막 시작되는 참이다.

흰색 일색인 강당에 역시나 흰색인 의자들이 놓여 있고 천장에는 별이 박힌 파란 하늘이 그려져 있다.

부족 대표단의 토론은 스크린을 통해 공장 전체에 실시간으로 중계될 뿐 아니라 인터넷을 통해 전 세계에 송출된다.

나는 앞쪽에 빈자리를 하나 발견하고 가서 앉는다.

파란색 정장 차림에 장밋빛 하이라이트 염색을 해 한껏 멋을 낸 힐러리 클린턴이 연단에 등장한다. 로봇 전문가들에게 강렬한 첫인상을 남기려고 신경을 쓴 눈치다. 나탈리가 곁에 와 앉는다.

「우선 보스턴 주민들로 구성된 104번째 부족 여러분께 진심 어린 환영의 말씀을 전합니다.」힐러리 클린턴이 말문을 연다. 「우리를 환대해 준 주민들의 대표를 이 총회의 일원으로 받아들이는 것은 우리가 할 수 있는 최소한의 감사 표시일 겁니다. 형식에 불과하겠지만 그래도 표결에 부치겠습니다. 물론 이의를 제기할 분은 없겠지만요.」

표결에 들어가자 나도 대표 자격으로 앞발을 들어 의사를 표시한다.

「보시다시피 만장일치로 통과되었습니다. 보스턴 부족의 대표를 맡게 된 마크 레이버트 회장에게 축하 인사를 전합니다. 친애하는 마크, 한 말씀 하시겠어요?」

보스턴 다이내믹스의 창업자가 연설대 앞에 선다. 그는 첫날 봤던 노란색 셔츠에서 색깔만 달라진 보라색 꽃무늬 셔츠를 입고 있다.

「친애하는 뉴욕 친구 여러분, 여러 주(州)에서 오신 대표 여러분, 그리고 고양이 부족의 대표가 계시다고 들었어요, 친애하는 바스테트!」

나는 큰 소리로 야옹거려 인사에 화답한다.

「먼저 여러분께 환영 인사부터 전하겠습니다. 그동안 고생이 많으셨다고요. 앞으로는 유리 방벽으로 둘러싸인 이곳에서 카즈의 보호를 받으며 안전하고 편안하게 지내시길 바랍니다. 일단은 좀 쉬신 다음에, 몸집이 커진 우리 공동체가 앞으로 어떻게 원자재 보급로를 뚫을지 같이 고민해 보기로 하죠. 원자재가 확보되면 유기체 쥐들을 무찌를 로봇 고양이 군대를 창설하는 게 제 목표입니다.」

그가 리모컨을 조작하자 연단 뒤쪽 스크린에 세계 지도가 나타난다.

「우리가 보유한 관측 위성에서 보내오는 이미지들입니다. 이 위성 덕에 지표면 어디든 다 볼 수가 있죠. 지금부터 카즈 007 제작에 필요한 원자재의 산지가 어딘지 가르쳐 드릴게요.」

그가 빨간 불빛이 나오는 레이저 포인터를 들고 몇 곳을 정확히 가리킨다. 나는 불빛에 달려들지 않으려고 주름이 잡힐 정도로 입술을 앙다문다.

난 할 수 있다. 난 할 수 있다.

「여기는 철, 여기는 알루미늄, 그리고 여기는 석유, 또 여기는 구리. 물자 보급을 담당할 원정대를 조만간 새로 조직해야 할 것 같아요. 참고로 현재까지 무사 귀환한 원정대는 하나도 없습니다.」

성질 급한 말이 자리에서 일어나 질문을 던진다.

「방금 관측 위성이 있다고 했는데, 혹시 쥐들의 숫자가 현재 얼마인지도 알 수 있나요? 가령 지금 뉴욕에 있는 쥐들의 숫자가 정확히 얼마인지 파악이 되나요?」

「지표면 가시화 기술과 인공 지능 계측 시스템을 함께 활용해 얻은 수치에 의하면 맨해튼에만도 최소 3천만 마리가 있는 것으로 추정됩니다.」

중국계 대표가 손을 들어 발언권을 요청한다.

「전 세계 통계도 가지고 있습니까?」

「보통 쥐의 개체 수를 계산할 때 인간 한 명당 쥐 열 마리가 있다고 봅니다. 이 비율을 적용하면, 대멸망 전 세계 인구가 80억이었으니 쥐는 8백억 마리였을 것으로 추정돼요.」

내가 얼른 오른쪽 앞발을 들면서 묻는다.

「고양이는 몇 마리였죠?」

집사가 질문을 통역해 전달한다.

「대멸망 전에는 인간 20명당 고양이가 한 마리 있었어요. 그러니까 4억 마리였다는 계산이 나오죠.」

「개는요?」

「가장 최근 통계에 의하면 개가 고양이보다 숫자가 적어 인간 40명당 한 마리가 있는 꼴이었어요. 고양이의 절반에 해당하는 2억 마리였죠.」

나는 인간들이 사용하는 숫자는 잘 모르지만 막연하게 종별 규모를 짐작해 본다.

「대멸망 이후에는 당연히 달라졌겠죠?」

마크 레이버트가 노트북을 꺼내 화면을 들여다보면서 말한다.

「인간은 80억에서 10억으로 급감했어요. 고양이도 4억 마리에서 5천만 마리로, 개 또한 2억 마리에서 2천만 마리로 개체 수가 줄었죠.」

「쥐는요?」

「쥐들만 개체 수가 늘었어요. 대멸망이 그들에게는 좋은 서식 환경을 제공해 준 셈이죠. 이전보다 네 배 정도 늘었을 것으로 추정되니까 대략 3천2백억 마리가 되겠군요. 물론 서식 환경이 좋은 지하철과 상하수도가 많은 대도시에 몰려 있어요. 베이징, 상하이, 뉴욕, 뉴델리, 모스크바, 카이로, 이스탄불, 도쿄, 리우데자네이루, 파리,

런던 등에는 그야말로 쥐가 득실거리죠.」

힐러리 클린턴이 믿기지 않는다는 표정으로 숫자를
반복해 말한다.

「3천2백억 마리! 조만간 로봇 고양이 생산을 재개할
수 있다고 가정하면, 우리가 적들과 대적할 만큼 충분한
숫자를 제작하는 데 시간이 얼마나 걸릴까요?」

성질 급한 말이 말을 가로채고 끼어든다.

「전쟁은 포기하는 게 어떨까요.」

「아, 그래요? 그럼 어쩌자는 거죠?」 힐러리 클린턴이
신경질적으로 맞받아친다.

「여길 고립 영토로 만들어 바깥 세계와 단절된 상태에
서 자급자족하며 안전하고 평화롭게 사는 겁니다. 땅도
넓고 이미 농사도 짓고 있고 단백질 공급원의 안정적인
확보도 가능할뿐더러 지속 가능한 생태계까지 갖춰져 있
으니 아무 문제가 없을 거예요.」

「여기를 제외한 세계 전체의 지배권은 쥐들에게 넘기
자는 얘기군요?」 힐러리 클린턴이 냉소적인 반응을 보
인다.

「우리에겐 여기서 살아남는 것 외에는 다른 선택권이
없어요. 현재 우리 공동체 인구가 대략 4만 2천 명이니
안전한 자치 도시를 만들어 볼 만한 숫자예요. 독립 정부

를 수립한 뒤에 104개 부족 대표단이 정부의 기능을 감시 감독하게 하는 겁니다.」

그랜트 장군이 즉각 반대 의견을 개진한다.

「나는 반대입니다. 우리에게 왜 선택권이 없습니까, 얼마든지 있습니다. 무력으로 힘의 균형을 바로잡으면 됩니다. 지난번에도 말씀드렸듯이 현 상황에서 효과적인 무기는 핵폭탄뿐입니다.」

장내가 술렁이기 시작한다.

「설명해 드리죠. 지금 맨해튼에는 인간이 한 명도 없습니다. 반면 쥐들의 밀집도는 최고에 달해, 조금 전 들으셨다시피 3천만 마리에 이릅니다. 게다가 맨해튼에는 인간의 첨단 기술에 접근 가능한 쥐들의 우두머리가 있어요. 그렇기 때문에 맨해튼을 타격해야 합니다. 강력한 무기로 정밀 타격해야 해요.」

「핵무기가 있기는 한가요?」 힐러리 클린턴이 고개를 갸웃거린다.

그녀도 나처럼 허언은 의미 없는 소음과 마찬가지라고 생각하는 모양이다.

그랜트 장군이 잠시 뜸을 들이고 나서 대답한다.

「몇 가지 정보가 있었는데 간밤에 이곳 보스턴 다이내믹스 공장의 컴퓨터들을 이용해 확인했어요. 다행히 결과가 좋습니다. 뉴욕에 핵폭탄을 투하할 수 있는 구체적인 방법이 있다고 자신 있게 말씀드릴 수 있어요.」

다들 긴장한 얼굴로 그의 입만 쳐다본다.

「지금부터 작전 개요를 말씀드리겠습니다. 사우스다코타주 월시(市)에 있는 델타-09 미사일 사일로에 대륙간 탄도 미사일 미니트맨 II가 보관되어 있습니다. 이 미사일은 탄두에 수소 폭탄을 장착할 수 있는 무기죠.」

청중이 상세한 정보에 놀라는 눈치를 보이자 장군이 극적인 효과를 노려 추가 정보를 공개한다.

「1991년 소련의 미하일 고르바초프 대통령과 우리 조지 부시 대통령 간에 START I, 즉 전략 무기 감축 협정이 체결된 후 이 격납고 겸 발사대는 1993년 공식적으로 사용 중지되었습니다. 이후에는 역사적 명소로 운영되어 왔죠. 그런데 제가 쿠바 해역에 위치한 군사 기지로 발령받아 떠나기 전에 동료에게 아주 흥미로운 얘기를 전해 들었습니다. 여기 남아 있는 미사일이 아직 〈사용 가능〉하다는 겁니다. 소련이 협정을 위반할 경우를 대비한 일종의 비상용 실탄이었던 셈이죠.」

「그렇다면 일반 관람객들이 실제 발사가 가능한 핵미사일을 구경했다는 뜻인가요?」 슬라브계 부족 대표가 눈을 휘둥그렇게 뜨고 묻는다.

「정말 대단한 위장술 아닌가요? 아이러니도 이런 아이러니가 없네요.」

「장군께서는 작전을 어떻게 수행할 생각이시죠?」원래 부족이 다코타주에 살고 있는 성질 급한 말이 걱정스럽게 묻는다.

「지난밤에 마크 레이버트 회장에게 부탁해 헬리콥터 한 대를 준비해 놓았어요. 탄도 미사일 전문가와 함께 현지로 날아가, 뉴욕을 향해 미니트맨 II를 발사하고 올 생각이에요.」

나는 즉시 발언권을 요청한다.

나탈리가 나를 연단 위로 데려간다. 그녀가 기기 조작을 해 내 말이 청중에게 통역되도록 만든다.

「반갑습니다, 여러분 중에 아직 저를 모르시는 분들이 계실 것 같아 다시 소개를 드리겠습니다. 제 이름은 바스테트, 이집트 여신과 이름이 똑같죠. 저는 프랑스에서 인간들과 고양이들을 이끌고 아메리카로 왔습니다. 그랜트 장군이 언급한 그 적장 티무르와 유일하게 담판을 벌인 게 바로 저예요. 저는 고양이지만 보시다시피 정수리에 제3의 눈이 달려서 인터넷 접속이 가능해요. 덕분에 그동안 다방면에서 지식을 쌓을 수 있었고 특히 여러분의 역사에 대해 많이 알게 됐어요. 그런 제가 여러분께 한 말씀 드리려고 합니다. 저는 뉴욕에 핵폭탄을 투하하자는 의견에 반대합니다. 그렇게 파괴적인 방법을 사용하지 않고도 쥐들과의 전쟁에서 이길 수 있다고 확신해요. 허심탄회하게 여러분께 묻겠습니다. 뉴욕 같은 멋진 도시가 폐허가 되길 바라세요? 방사능 때문에 다시는 돌아갈 수 없는 곳이 됐으면 좋겠어요? 그런 헛짓거리에 동의하실 생각입니까?」

고양이 입에서 핵폭탄이니 방사능이니 하는 표현들이 나오자 다들 놀라워하는 눈치다. 하지만 지금은 대서양을 횡단한 근 한 달 동안 내가 인간 지식을 섭렵한 경위를 이들에게 자세히 들려줄 시간이 없다.

그랜트 장군은 당연히 못마땅해하며 이맛살을 찌푸린다.

「〈고양이〉라는 한계 때문에 당신은 이 문제를 제대로 인식하지 못할 겁니다.」 장군이 반격을 시작한다. 「후대에 살 만한 세상을 물려주기 위해 뉴욕의 파괴는 어쩔 수 없는 〈작은〉 희생이라는 걸 이해 못 할 테지.」

갑자기 박수가 터져 나온다. 의기양양해진 장군이 나를 거만하게 쳐다보며 말한다.

「오해는 말아요. 난 종 차별주의자도 아니고 고양이들한테 악감정이 있는 것도 아니니까. 그리고, 친애하는 바스테트, 나는 당신의 특별함과 무용담에 대해서도 잘 압니다.」

슬슬 열이 받는다.

나는 즉각 되받아친다.

「나 역시 종 차별주의자가 아니에요. 그리고 당신의 무수한 실패담에 대해서도 잘 압니다, 그랜트 장군. 맨해튼에 핵폭탄을 투하하는 건 최악의 아이디어라고 단언할 수 있어요.」

「내 말 잘 들어요, 바스테트. 당신이 뉴욕이라는 도시에 감탄했다는 건 알겠습니다. 그건 높이 사요. 하지만 지금 우린 쥐들과 전면전을 벌이는 중입니다. 이 전쟁에서 이기지 못하면 인간한테나 고양이한테나 끔찍한 비극이 초래될 겁니다. 백번 양보해 핵무기가 나쁜 해결책이라는 걸 인정한다고 칩시다. 하지만 지금 우리한테는 다른 대안이 없습니다. 원자재를 확보해 로봇 고양이 군대를 만들자는 레이버트 회장의 계획은 시간이 오래 걸릴뿐더러 성공한다는 보장도 없습니다.」

나는 다시 그에게 묻는다.

「핵폭탄이 투하되면 어떤 일이 벌어지죠?」

「살아남은 극소수의 쥐들이 전 세계에 퍼져 있는 동족들에게 소식을 전할 겁니다. 그러면 우리가 보유한 살상 능력을 알게 된 쥐들이 함부로 공격해 오지 못할 거요. 그런 걸 〈억지력〉이라고 부르는 겁니다. 그다음부터는 핵무기를 쓸 필요가 없어지게 됩니다. 적들이 알아서 조심할 테니까.」

「정말 그럴까요? 나는 핵폭탄이 쥐들을 공포에 떨게 할 거라고 생각하지 않아요.」

지금은 내가 논쟁에서 밀리고 있어. 더 자신 있고 당당하게 말해야 해.

「당신은 대안 없이 반대만 하는 것 같군요.」 그가 내 속마음을 읽은 듯이 말한다.

젠장, 설득할 논리도 없이 섣불리 뛰어든 게 잘못이야. 그랜트는 밤새 레이버트와 함께 작전을 짰을 텐데, 난 지금 청중의 눈에 구체적 대안 없이 반대를 위한 반대만 하는 걸로 비칠 게 분명해. 어서 기발한 아이디어를 생각해 내지 않으면 안 돼.

〈바스테트식〉 아이디어를 말이야.

나를 한심하게 바라보는 청중의 따가운 시선이 느껴진다. 내가 대안을 제시하지 못하니까 그랜트 장군에게 졌다고 생각하는 게 분명하다. 나는 절박한 심정으로 청중을 죽 훑어보며 내 편이 되어 줄 사람을 찾는다. 안젤로를 어깨에 앉힌 나탈리가 안타까운 표정으로 나를 바라본다. 에스메랄다를 어깨에 앉힌 로망은 나와 시선이 마주치자 고개를 가로젓는다.

방법을 찾을 때까지 일단 시간을 벌어야 한다.

「당연히 난 대안을 가지고 있어요.」

나라는 존재가 누군지, 내가 남들과 어떻게 다른지, 그동안 내 머리에서 얼마나 많은 독창적인 아이디어가 나왔는지를 기억하고 자신감을 갖자.

「저는 모든 동물 종을 포함하는 신성한 연합 군대를 창설할 것을 제안합니다. 아군의 수적 열세를 보완하기 위해 조류, 양서류, 곤충류까지 이 항서 동맹에 포함하는 게 좋을 겁니다.」

「까마귀와 두꺼비, 바퀴벌레의 도움을 받아 전쟁에서 이기겠다는 말입니까?」

「그들이 다가 아니에요. 독수리, 매, 개구리, 도롱뇽, 전갈, 거미, 흰개미, 말벌, 꿀벌, 개미…… 모두 우리 편으로 만들 생각이에요. 예전에 난 저승 문턱까지 갔다가 독수리 덕분에 되돌아온 적이 있어요.」

「그런 기적을 이룰 방법이 있긴 한 거예요?」힐러리 클린턴이 반신반의하면서도 관심을 보인다.

「그들과 소통할 방법을 찾기만 하면 돼요. 일개 고양이인 제가 여러분과 이렇게 대화할 수 있다는 것 자체가 이미 그 가능성을 말해 주고 있어요. 항서 연합군이 결성되면, 적이 아무리 대군이라도 한번 맞붙어 볼 만합니다. 각 종의 대표들에게는 저처럼 제3의 눈을 만들어 줄 생각이에요. 우리가 여기까지 살아서 올 수 있었던 건 제가 쥐에게 제3의 눈을 달아 줘 적장과의 독대를 주선하게 한 덕분이라는 걸 여러분도 인정하시겠죠. 그러한 종간 소통이 없었더라면 지금쯤 프리덤 타워 공동체는 쥐들에게 말살됐거나 폭파된 건물 잔해에 깔려 있을 거예요.」

내 발언이 끝나자 대표들이 일제히 말을 쏟아내기 시작해 실내가 아수라장으로 변한다.

의장이 즉시 표결을 제안한다.

「고양이 부족의 대표인 바스테트의 제안은…… 제가 제대로 이해한 게 맞는다면…… 종간 소통을 강화하자는 거예요. 그 구체적인 방법으로는…… 음…… 각 종의 대표에게 제3의 눈을 이식해 주자는 겁니다. 이것을 통해 조류, 양서류, 곤충류까지 아우르는 거대 동물 연합군을 결성하자는 거예요. 이 제안에 찬성하는 분은 손을 들어 주세요.」

대표들에게서 주저하는 빛이 읽힌다.

개미 머리에 어떻게 USB 단자를 만들겠냐고 생각하겠지…….

손 여덟 개가 위로 올라온다.

「좋아요. 여기 있는 바스테트 표까지 더하면 총 아홉 표를 얻었군요. 이번에는 두 번째 안에 대한 표결에 들어가기로 하죠. 성질 급한 말은 이 공장 겸 도시를 일종의 고립된 요새로 만들어 안전하게 지킬 것을 제안했습니다.」

이번에는 더 많은 손이 쑥쑥 올라온다.

「모두 33표군요. 자, 마지막으로 그랜트 장군이 낸 세 번째 안에 대한 표결을 진행하겠습니다. 이 안의 핵심은 천재 우두머리의 지휘하에 3천만 마리의 쥐 군단이 포진해 있는 뉴욕을 향해 핵미사일을 발사하는 것입니다.」

한눈에 봐도 장군의 제안이 가장 많은 찬성표를 얻었다는 것을 알 수 있다.

「제가 가진 두 표까지 더하면 총 63표군요. 그럼 이것으로 〈맨해튼 핵폭탄 투하 작전〉이 총회에서 승인되었음을 선포합니다.」

장군의 지지자들이 박수를 치기 시작하자 대표들이 그에게 몰려가 인사와 덕담을 건네는 모습이 보인다. 인간이란 참으로 이해하기 힘든 동물이다. 무조건 반대부터 하고 물어뜯으면서 싸우다가도 언제 그랬냐는 듯이 저렇게 또 똘똘 뭉치니 말이다. 군집 본능 때문일까.

이번에 확실히 알았다. 인간들은, 그중에서도 미국 인간들은 섬세한, 그러므로 당연히 시간이 요구되는 해법보다는 과격하더라도 무조건 빠른 해법을 선호한다는 사실을 말이야.

조금 전까지만 해도 헐뜯고 싸우던 인간들이 잔인한 해결책의 열성 지지자로 돌변하는 광경이 보고도 믿기지 않는다.

로망 웰즈가 다가와 위로를 건넨다.

「그래도 뉴욕을 구하기 위해 최선을 다했다는 말은 나중에 할 수 있잖아. 우리가 네 증인들이야.」

나탈리가 어깨를 으쓱해 보이고 나서 심상한 표정으로 말한다.

「어차피 지금 상황에선 뭘 해도 크게 달라질 게 없어.」

안젤로도 한마디 보탠다.

「엄마 생각이 틀렸어요. 쥐들은 천하에 나쁜 놈들이에요. 놈들은 살려 주면 안 돼요, 모조리 죽여 없애야 한다고요.」

대꾸하기도 싫어 고개를 돌리는데 에스메랄다가 걸어오는 게 보인다.

「하등 동물로 취급받는 건 괴로운 일이야, 안 그래? 인간들이 입으로는 우리를 사랑한다고 하지만 속으로는 어떤 생각을 하는지 가끔 궁금해져. 좀 뜬금없는 소리 같지만 난 바스테트 너를 믿어. 너야말로 진정한 지도자의 자격이 있다고 생각해.」

그녀가 그야말로 뜬금없는 소리를 덧붙인다.

「있지, 피타고라스를 잃고 나도 너만큼 힘들었어.」

「델타-09 미사일 사일로로 향하는 헬리콥터가 언제 이륙하는지 혹시 알아?」

「서두르려는 눈치니까 곧 출발하겠지.」

나는 잠시 생각에 잠겼다 에스메랄다에게 묻는다.

「혹시 날 따라서 위험한 작전에 한 번 더 나설 생각 있어? 보기에 따라선 조금 미친 짓일 수도 있는데.」

그녀가 눈을 동그랗게 뜨고 나를 빤히 쳐다본다. 생각이 전혀 없지는 않은 모양이야.

「네 머릿속에 무슨 생각이 들어 있는지 궁금해지네. 그래, 어떤 〈미친 짓〉이 하고 싶은 거야?」

나는 숨을 깊이 들이마신다.

「뉴욕을 구할 거야.」

이 말을 입 밖에 내는 순간 103번째 부족의 공식 대표로서 정치적 책임감이 느껴진다. 어깨가 무겁다.

52

공식 지위를 가진 고양이

영국에는 공식 지위를 가지고 공무원 봉급까지 받는 동물이 있다. 치프 마우저Chief Mouser, 풀이하면 〈쥐를 잡는 고양이들의 우두머리〉가 그 주인공이다.

이 명칭의 기원은 헨리 8세가 왕위에 있던 16세기까지 거슬러 올라가지만 공식적인 직책으로 존재한 것은 1929년 6월 3일부터이다. 이때부터 이 고양이에게 음식과 생활에 필요한 급료로 하루에 1페니씩 지급되기 시작했다. 1932년부터는 주급으로 바뀌어 1실링 6펜스가 지급되었고, 2010년에는 치프 마우저의 연봉이 1백 파운드로 책정되기에 이르렀다. 공무원의 지위를 가진 이 고양이는 총리 개인이 아니라 총리 관저인 런던 다우닝가 10번지에 소속돼 있다.

2019년, 래리라는 이름의 치프 마우저가 언론의 주목을 받은 적이 있다. 고양이가 당시 영국을 방문한 트럼프 미국 대통령의 리무진 밑에 자리를 잡고 웅크린 사진이 전 세계에 보도된 것이다. 이 일로 일약 스타가 된 래리는 SNS 계정이 생겼고 많은 팬을 거느리게 됐다.

『상대적이며 절대적인 지식의 백과사전』 제14권

53

다코타 작전

나를 잘 모르는 사람들 눈에 내가 가끔 이상하게 보일 수 있다는 건 나도 인정한다.

나조차도 거울을 들여다보면서 가끔 〈이 고양이, 정상이 아니야〉라고 혼잣말을 할 때가 있으니까.

그러나 한편으로 생각해 보면, 정상적인 이들은 대부분 큰일을 도모하지 못한다. 그들은 그저 나 같은…… 이상한 이들의 뒤를 따를 뿐이다.

헬리콥터가 하늘로 날아오른다. 나는 에스메랄다와 함께 몰래 뒷좌석 뒤에 웅크리고 있다. 출발하기 전 이번 작전에 대해서는 철저히 비밀에 부쳤다. 특히 안젤로가 눈치채지 못하게 조심했다. 알면 분명히 따라나서겠다고 졸랐을 테고, 평소 아들의 행실로 보아 문제만 일으켰을 게 뻔하니까.

어미로서 이런 말을 하는 게 매정하게 들리겠지만, 객관성을 잃고 무조건 아들을 두둔할 수는 없는 노릇 아닌가.

헬리콥터는 이륙 후 일정한 고도를 유지하며 월시를 향해 날아가고 있다.

보스턴과의 거리가 3천 킬로미터 조금 넘는다고 하니, 우리가 탄 이 최첨단 헬리콥터가 평균 시속 3백 킬로미터로 비행한다고 가정할 때 10시간이면 목적지에 도착할 수 있는 것이다.

요즘 나는 큰 숫자를 가지고 정확한 계산을 하는 것에 점점 재미가 붙는다. 〈못 배운〉 고양이 시절, 발톱을 꺼냈다 넣었다 하면서 기껏해야 8까지 셌던 그때는 그 이상은 무조건 엄청 크거나 많다고만 말했지.

비행시간이 너무 길고 지루하게 느껴진다. 포기하고 싶어질 때는 중차대한 임무를 수행한다는 책임감으로 다시 각오를 다진다. 게다가 에스메랄다가 지켜보는 앞에서 약한 모습을 보일 순 없다.

우리 앞에 있는 의자에는 그랜트 장군과 미사일 전문가가 나란히 앉아 있다. 장군이 직접 헬리콥터를 조종하고 있는데, 두 사람 모두 머리에 묵직한 헤드폰을 쓴 게 눈길을 끈다. 요란한 프로펠러 소리 때문에 그들은 뒤쪽에 숨어 있는 우리한테 신경 쓸 겨를이 없다.

나는 긴 비행시간을 활용해 ESRAE에 접속한다. 목적지에 도착하기 전에 미니트맨 II 사일로의 상세한 작동 원리를 알아 두지 않으면 안 된다.

「어떻게 할지 생각은 있는 거야?」 에스메랄다의 질문에 불안감이 묻어난다.

「미사일을 땅에 붙박아 놔야지.」

「미사일이 발사되지 않으면 인간들이 시간이 걸리더라도 수리해서 다시 쏘려고 할 텐데.」

「그렇다면 미사일이 발사는 하되 폭발은 하지 않게 만들면 되지.」

나는 백과사전에서 〈미니트맨 II〉에 이어 〈미사일 발사〉 항목을 찾아 읽으며 방법을 궁리한다.

내가 아무리 머리가 좋고 투지에 불타도 내용을 이해하기가 솔직히 쉽지는 않다. 나는 여러 번 반복해 읽고 나서야 탄두, 추진체, 유도 장치, 기폭 장치 등 미사일의 구조에 대해 몇 가지 중요한 사실을 알게 된다.

내가 이해한 바에 따르면 내가 조작해야 하는 것은 바로 이 기폭 장치이다.

백과사전에는 원격 조종으로 폭발을 일으키는 방식이 있고, 미사일에 붙어 있는 수동식 폭발 장치도 있다고 나와 있다…….

복잡한 내용을 에스메랄다에게 설명하자 그녀가 샛노란 눈을 휘둥그레 뜨고 나를 쳐다본다.

「설마 미사일 속으로 들어가 신관을 제거하자는 얘기는 아니겠지? 내 용기의 한계는 여기까지야. 더는 불가능해. 하려면 너 혼자 해, 난 더 이상은 같이 못 해.」

나는 하늘로 날아오르는 미사일 위에 죽기 살기로 발톱을 걸고 매달려 있는 내 모습을 상상하며 몸을 소스라친다.

그런 식으로는 잠시도 매달려 있을 수 없을 거야.

나는 사일로에 대한 설명과 미사일 작동 원리를 반복해 읽으면서 이해하려고 애쓴다.

내가 지적 호기심이 많아 천만다행이지. 탄도 미사일 유도 장치라는 게 알면 알수록 신기하긴 하네.

솔직히 나는 이번에 다시 한번 첨단 기술을 발명한 인간들을 부러워하게 됐다.

이러니저러니 해도 온갖 도구를 다루고 복잡한 기계를 척척 만들어 내는 걸 보면 인간들이 대단하긴 해. 이 모든 게 발달한 대뇌 피질과 관절이 붙은 손가락 열 개, 그리고 마주 보는 엄지손가락 두 개가 해내는 일이라니!

헬리콥터가 서쪽을 향해 빠른 속도로 비행을 계속

한다.

에스메랄다가 우리 뒤쪽의 투명한 부분으로 밖을 내다보라는 신호를 보낸다. 인간의 얼굴 네 개가 조각된 산이 하나 보인다. 와, 뉴욕에서 본 자유의 여신상은 여기에 비하면 아무것도 아니다.

우리가 탄 헬리콥터가 백과사전에서 읽은 적이 있는, 그 유명한 러시모어산 위를 지금 날고 있는 것이다. 각각 18미터 높이로 미국 대통령 네 명의 얼굴을 새겨 놓았다는 산 말이다.

장시간의 비행 끝에 우리는 드디어 미니트맨 사일로 앞 공터에 도착한다. 헬리콥터가 착륙하자 인간들이 헤드폰을 벗고 안전띠를 푼 다음 밖으로 나간다. 나도 에스메랄다와 함께 몰래 그들 뒤를 따른다. 눈앞에 보이는 건물은 역사적 명소라는 이름이 무색하게 외관이 초라하다. 마치 커다란 신발 상자 위에 하얀 뚜껑을 덮어 놓은 꼴이다. 그랜트 장군과 일행은 당연히 외관 따위에는 신경 쓸 겨를이 없겠지만. 그들은 총총걸음으로 사일로에 다가간다.

에스메랄다가 갑자기 나한테 발짓으로 풀덤불 쪽을 가리킨다. 작고 동그란 귀들이 위로 솟아 나온 게 보인다. 「쥐들이 우릴 지켜보고 있어.」 그녀가 작은 목소리로 말한다.

처음에는 그림자가 서너 개인 줄 알았는데, 자세히 보니 수백 개가 넘는다.

우릴 공격하기에는 충분한 병력이 아니라고 판단해 멀찌감치 떨어져 지켜보고만 있는 모양이다.

그랜트 장군과 일행은 작전 수행에 정신이 팔려 쥐들을 보지 못했다. 그들은 폭약을 터뜨려 문에 붙어 있는 자물쇠를 부수고 안으로 들어간다. 우리도 몰래 뒤따라 들어간다. 그들은 똑같은 방법으로 문 몇 개를 더 폭파한다.

그들은 한참 만에야 커다란 빨간색 가죽 의자에 자리를 잡고 앉는다. 그들 앞에는 흰색 버튼들이 있고 그 밑에 기능이 적혀 있는 제어판들이 쭉 늘어서 있다. 전원을 켜자 작은 빨간색과 초록색 램프들에 불이 들어오고 격자 뒤쪽 환풍기가 윙윙거리면서 돌아가기 시작한다. 장군과 부하가 작업에 들어간다.

지금 나의 관심은 오로지 한 곳, 미사일 탄두의 기폭 장치에 쏠려 있다. 옛날 미사일이다 보니 무선 조종은 불가능하고, 결국은 내가 직접 탄두의 신관이 터지지 않게 프로그래밍해 놓아야 한다. 그런데 인간 전문가들이 저렇게 열심히 제어판을 조작 중인데 내가 무슨 수로 핵미사일이 불발하게 만들 수 있단 말인가?

너희라면 이런 상황에서 무슨 묘안을 찾아낼 수 있었을까? 도저히 방법이 보이지 않더라. 내 능력의 한계에 도달했다는 생각마저 들었어.

내 막막한 마음을 텔레파시로 읽었는지 에스메랄다가 앞발을 들어 자기를 따라오라는 시늉을 한다. 그녀가 옆 방으로 가더니 다짜고짜 책상에 놓인 연필통을 엎어 버린다. 안에 든 필기구들이 바닥으로 쏟아지며 시끄러운 소리를 낸다.

옆방에 있던 두 인간이 동작을 멈추더니 짧은 얘기를 주고받은 뒤 자리에서 일어난다. 그들이 소음의 진원지를 찾기 시작한다. 그때 마침 건물 안으로 들어온 쥐들이 우리 교란 작전의 희생양이 된다. 군인들이 권총을 꺼내 쥐들을 처치하는 동안 나한테는 작전을 수행할 황금 같은 기회가 생긴다.

장하다, 에스메랄다, 백지장도 맞들면 낫다는 말을 다시 한번 실감하게 해줘서 고마워.

나는 비어 있는 키보드 앞으로 다가가 재빨리 〈스크롤〉 키를 누른다. 인간의 문자를 해독할 수 있는 나한테 입력된 점화 데이터를 찾아내는 일은 식은 죽 먹기다. 나는 컨트롤 유닛에 저장된 데이터를 아무렇게나 몇 줄 바

뭐 놓는다.

벌써 총소리가 그치고 발소리가 가까워지기 시작한다. 교란 작전의 효과가 다했으니 인간들이 들어오기 전에 얼른 몸을 숨겨야 한다. 나는 에스메랄다와 함께 캐비닛 위로 뛰어올라 상황을 지켜본다.

그랜트 장군과 일행은 내가 미사일에 손을 댔다는 사실을 모른 채 조작을 계속한다.

이제 그들은 본격적인 발사 준비에 들어간다.

여러 개의 감시 카메라 제어 스크린에 사일로가 열리는 장면이 비친다. 수직 원통이 거대한 연기를 하얗게 뿜어내기 시작한다. 엔진이 불꽃을 일으키고 미사일이 하늘로 날아오르더니 순식간에 구름 사이를 뚫고 시야에서 사라진다.

장군과 일행은 하늘을 올려다보며 흡족한 미소를 짓는다.

죽음의 비행체가 그리는 궤적이 스크린 위 세계 지도에 나타나기 시작한다. 미니트맨 II는 입력된 탄도대로 정확히 날아간다. 다코타주와 뉴욕 사이의 3천 킬로미터를 초속 7킬로미터로 단 8분 만에 주파해 목표 지점에 가꽂힌다.

미사일이 한 치의 오차도 없이 목표 지점인 맨해튼 중

심부에 낙하하는 장면이 보인다.

한데 그다음은 스크린에 잡히지 않는다.

저기서 무슨 일이 벌어지는지 알 방법이 없을까?

폭발이 일어나 지금쯤 티무르가 죽었을까? 아니면 여전히 살아 있을까?

나는 ESRAE에서 본 핵폭발 장면을 떠올리며 몸서리를 친다.

그랜트 장군이 보스턴과 여러 차례 통신을 시도하다 실패하자 기계를 끄고 자리에서 일어난다. 빨간색과 초록색 불이 들어와 있던 제어판 램프들이 일제히 꺼진다. 요란하게 돌아가던 환풍기도 조용해진다.

그랜트 장군이 일행과 함께 관제실을 나선다. 그들이 건물 밖으로 나오는 모습을 수천 마리의 쥐가 지켜보고 있다.

쥐 떼가 공격할 듯 위협적인 자세를 취하더니 이내 뒤로 물러난다.

저들에게 집단의식이 있다면 3천 킬로미터 떨어진 곳에서 동족들이 떼죽음을 당했다는 걸 직감하지 않았을까.

그랜트 일행은 쥐들을 무시한 채 헬리콥터에 들어가 앉는다. 우리는 이륙 직전에 가까스로 숨어들어 헬리콥터 뒤쪽에 엎드린다.

헬리콥터가 공중으로 날아오른다.

이제 궁금한 건 한 가지뿐이다. 과연 핵폭탄은 폭발했
을까?

54

제3차 세계 대전을
아슬아슬하게 피할 수 있었던 이유

1983년 9월 26일 자정, 소련 전역의 레이더 정보를 수집·분석하는 모스크바 인근 세르푸호프-15 관제 센터에 경보가 울린다. 스타니슬라프 페트로프 중령은 스크린을 통해 ICBM 다섯 기가 소련 영공으로 진입했다는 경보를 확인한다. 당시는 냉전이 한창이었던 데다 로널드 레이건 미국 대통령과 유리 안드로포프 소련 공산당 서기장의 갈등 또한 최고조에 이르렀을 때였다.

레이건은 소련의 공격을 막는다면서 일명 〈스타워즈 계획〉[2]을 선포한 상태였다. 유독 편집증이 심한 지도자였던 안드로포프 역시 군 관측 위성을 통해 소련 영공을 감시하고 미국의 공격에 전격 대응할 수 있도록 벙커 시

---

2 소련의 핵미사일을 우주에서 요격한다는 계획으로, 큰 인기를 끌었던 영화 「스타워즈」 때문에 이러한 이름이 붙었다.

스템을 갖춰 놓고 있었다.

스타니슬라프 페트로프 중령에게는 이런 상황에 대한 매뉴얼이 있었다. 그가 빨간색 버튼을 누르면 즉각 소련군의 반격 시스템이 가동되어 핵탄두를 장착한 미사일들이 미국 본토의 인구 밀집 지역을 타격하게 될 것이었다.

그렇지 않아도 몇 주 전에 소련이 미국인 62명을 포함해 269명이 탑승한 한국 여객기를 격추한 사건이 있었기 때문에 미국 측의 반격이 예상되는 상황이었다.

그런 상황에서 하필 그날 밤 스크린에 경고 메시지가 떠서 깜빡거리는 것이었다. 처음에는 대(對)미사일 경보 시스템인 크로쿠스가 미사일 하나를 포착했지만, 연이어 네 개를 더 포착했다. 당시 세르푸호프-15에는 40명의 군인이 있었지만, 최종 판단은 계급이 가장 높은 페트로프 중령이 내려야 했다. 자신의 행동이 제3차 세계 대전 발발로 이어질 수도 있음을 인식한 마흔네 살의 중령이 선뜻 결정을 내리지 못하는 사이 시간은 계속 흐르기만 했다. 그는 상황을 보다 면밀히 분석하기 위해 애썼다. 결국 미사일 다섯 기로는 결정적인 도발을 감행하는 게 불가능하다고 판단한 그는, 스크린 속 물체가 미사일이 아닌 다른 것일 가능성에 주목한다. 세르푸호프-15의 군인들이 숨을 죽인 채 스크린을 주시했지만, 20분이 지나도 폭발은 일어나지 않았다. 그들은 상황을 종합적으로 분석한 뒤, 태양이 구름에 반사돼 마치 미사일에서 에너지가 분출되는 듯한 착각을 일으켰다는 결론을 내린다. 이 사건은 15년이 지난 1998년에야 세상에 알려지게 된다. 2004년, 스타니슬라프 페트로프는 귀감이 되는 영웅적인 행동을 한 사람에게 수여되는 세계 시민상을 받게 된다.

『상대적이며 절대적인 지식의 백과사전』제14권

55

소통의 어려움

돌아가는 길은 똑같은 10시간인데도 훨씬 짧게 느껴진다. 헬리콥터 뒤쪽에 숨은 나는 에스메랄다와 겁 없이 대화까지 나눈다.

나는 그녀가 뜻밖에도 섬세한 정신의 소유자라는 걸 알게 된다.

그동안 내가 박한 점수를 줬던 건 그녀에게 관심이 없었기 때문이야.

우리는 상대를 부정적으로 평가함으로써 그를 압도한다는 느낌을 갖고 싶어 하지.

에스메랄다는 섬세함뿐 아니라 자신만의 도덕규범을 가지고 있다.

게다가 헌신성까지 갖췄어.

첫 만남부터 내게 헌신해 왔지.

그런데도 나는 그녀가 나에게서 엄마의 자리, 연인의 자리, 여왕의 자리를 빼앗으려는 괘씸한 고양이라고 오해하고 미워했어. 이제야 알겠어. 그녀가…… 믿을 만한 친구이자 나를 위해 위험도 마다하지 않는 용감한 고양이라는 걸.

그런 그녀를 깎아내리기만 했던 나 자신이 부끄럽게 느껴진다. 나는 그녀가 내 목숨을 구해 줬다는 사실조차 인정하지 않으려 했다. 생각해 보니 에스메랄다는 제3의 눈 없이도 다방면에, 특히 음악에 해박한 지식을 가지고 있다.

옛날 집사가 음악가였으니 음악에 조예가 깊을 수밖에.

드디어 헬리콥터가 먼지를 일으키며 보스턴 다이내믹스 공장에 착륙한다.

땅에 발을 딛는 순간 팽팽한 긴장감이 느껴진다. 104개 부족 총회의 회의장으로 쓰이는 대강당 안이 시끌시끌하다.

나는 청중석에서 나탈리를 발견하고 다가간다.

「어떻게 됐어요?」

「안 됐어.」

「안 됐다니, 뭐가요?」

「핵폭탄이 폭발하지 않았다고. 여기서 관측 위성을 통해 뉴욕 모습을 실시간으로 지켜봤는데, 미사일이 바닥에 꽂혔지만 폭발은 일어나지 않았어. 그 이유는 아무도 몰라.」

해냈어!

내가 뉴욕을 구했어.

에스메랄다가 나한테 찡긋 눈짓한다.

나는 소리를 낮춰 야옹거린다.

「이건 우리 둘만 알아야 해. 입조심해.」

「떠들고 싶어도 난 인간의 말을 할 줄 모르잖아. 너처럼 제3의 눈이 있는 것도 아니고.」

주변 분위기는 벌써 험악해져 있다. 부족 대표들 사이에 고성과 거친 말이 오가기 시작한다.

「그런데 넌 어디 있었니? 어제부터 통 보이지 않아 걱정했는데.」나탈리가 내게 묻는다.

「조용한 곳을 찾아 에스메랄다와 단둘이 시간을 보냈어요. 그동안 서로에게 쌓였던 감정을 풀고 화해했어요. 내가 그녀에게 몇 가지 큰 잘못을 했다고 솔직히 인정했어요.」

옆에 있던 인간들이 별안간 팔을 걷어붙이며 삿대질을 하기 시작한다.

화합을 선택한 우리와 달리 저들은 분열을 선택할 모양이다.

나를 제외한 103개 부족 대표가 두셋씩 짝을 지어 침을 튀기며 격론을 벌인다.

다들 핵폭탄이 불발해 미치겠나 봐.

그랜트 장군이 연설대 앞에 와서 선다. 그의 뒤쪽 스크린에는 탄도를 그리던 미사일이 작은 화살처럼 센트럴파크 땅바닥에 꽂히는 순간을 포착해 위성이 보내온 장면이 반복되고 있다.

「1970년대에 만들어진 낡은 장비여서 그런지 문제가 있었던 것 같습니다. 장치의 부속 하나가 녹슬어서 생긴 일일 수도 있고 아니면 단순한 접촉 불량일 수도 있어요. 하지만 핵폭탄이 갑자기 터질 수도 있으니 희망이 완전히 사라진 건 아니에요.」

장군이 말을 마치자 대표단이 일제히 야유를 보낸다.

「실패하는 사람은 핑계를 찾고 성공하는 사람은 방법을 찾는다!」 히피족 대표가 손으로 확성기를 만들어 소리친다.

사람들이 휘파람을 휙휙 불어 대고 연단을 향해 물건을 집어 던지기 시작한다.

기회다 싶었는지 힐러리 클린턴이 마이크를 잡는다.

「장군, 미안한 말이지만 당신은 기갑 부대 상륙 작전

에도 실패했고 이번에도 실패했어요. 이로써 당신이 얼마나 엉성한 전략가인지 우리 모두가 알게 됐어요.」

철썩, 소리가 들리고 의장의 한쪽 뺨에 손자국이 나 있다.

「게다가 폭력적이기까지! 당신은 나를 전혀 존중하지 않는군요!」

그녀가 눈에 불을 켜고 그에게 달려든다. 그랜트 장군의 이마에서 시작해 눈두덩과 콧등을 지나 입술까지 길게 손톱자국이 난다.

인간들은 다 저래. 원시적 충동을 제어할 줄이라곤 몰라.

그랜트 장군이 비명을 내지르더니 눈을 뜨지도 못한 상태에서 권총을 꺼내 힐러리 클린턴을 향해 한 발 쏜다. 그녀가 재빨리 몸을 숙여 피하자 총알이 마크 레이버트 회장의 배를 정통으로 관통한다.

그가 어리둥절한 표정으로 배를 내려다보더니 앞으로 고꾸라진다.

그러자 그의 곁에 있던 카츠 007 한 마리가 입을 벌린다. 로봇의 목구멍에 장착된 총구에서 그랜트 장군을 향해 불이 뿜어져 나온다. 장군은 재빨리 바닥에 엎드려 가까스로 목숨을 구한다. 군인 하나가 총을 쏴보지만 로봇 고양이는 끄떡도 하지 않는다. 수십 발을 난사하고 나서야 겨우 로봇이 기능을 상실하고 멈춰 선다. 카츠들이 무더기로 나타나 그랜트 장군과 그를 구하려는 부하들에게 총구를 겨눈다. 로봇 고양이들이 인간들을 조준하기 시작했다.

나는 날아다니는 총알을 피해 내 옆에 엎드려 있는 로망에게 묻는다.

「어떻게 된 거죠?」

「로봇의 인공 지능이 주인을 보호하도록 프로그래밍되어 있어서 그럴 거야. 주인이 공격을 당하면 즉시 〈전투〉 모드로 전환해 공격자를 제거하라는 명령이 입력돼 있는 거지.」

카츠들의 무차별 난사가 시작된다. 화기를 사용하지 않을 때는 면도날 같은 송곳니와 발톱으로 인간들에게 달려든다.

나는 뜻밖의 광경을 지켜보며 아이작 아시모프의 로봇 3원칙을 떠올린다.

제1원칙: 로봇은 인간에게 해를 입혀서는 안 된다. 위험에 처한 인간을 모른 척해서도 안 된다.

제2원칙: 제1원칙에 위배되지 않는 한, 로봇은 인간의 명령에 복종해야 한다.

제3원칙: 제1원칙과 제2원칙에 위배되지 않는 한, 로봇은 자신을 보호해야 한다.

SF 소설 속 원칙들이 현실에서는 통하지 않는 모양이야……

바람 소리를 내며 총알이 내 머리 위를 지나간다. 검은 연기가 하늘로 치솟는 가운데 폭발음과 비명이 뒤섞인다. 나는 카츠들의 눈에 띄지 않게 회의장 기둥 뒤에 몸을 숨긴다. 에스메랄다가 나를 발견하고 뛰어온다.

「로봇들이 대체 왜 저러는 걸까?」

「우리 엄마가 입버릇처럼 하던 얘기가 있어. 〈살면서 곤경에 처했을 때 우리한테는 세 가지 선택밖에 없다. 맞서 싸우거나 아무것도 하지 않거나 도망치거나.〉 도망칠 수도 없고, 쥐들과 싸울 수도 없고, 그렇다고 아무것도 하지 않고 있기는 싫으니까 저런 식으로 스트레스를 발산하는 거겠지. 자기 편한테까지 말이야.」

통유리 창 너머로 로봇 고양이들과 전투 중인 인간들의 모습이 보인다.

시간이 지날수록, 인간들은 아무리 똑똑해도 이 지구를 지배할 자격이 없다는 생각이 든다.

고통에 못 이겨 지르는 인간들의 비명이 들린다.

진화의 정점에 도달한 종이라는 인간의 머릿속에는

오로지 한 가지 생각밖에 없어. 자기 파멸.

「말싸움이 순식간에 이렇게 걷잡을 수 없는 상황으로 변할 줄은 몰랐어.」

「이제 우린 어떡하지?」

검은 암고양이가 샛노란 눈을 동그랗게 뜨고 불안에 떨며 묻는다.

「여기에 숨어서 사태가 진정될 때까지 기다리는 수밖에.」

난데없이 카츠 한 마리가 우리 눈앞에 나타난다.

아무리 봐도 카츠의 인공 지능에 유기체 고양이와 인간을 식별하는 방법은 프로그래밍되어 있지 않은 것 같다.

로봇 고양이가 입을 크게 벌려 방향을 틀더니 나를 향해 총구를 겨눈다.

놈이 날 조준했어!

내가 반사적으로 눈을 질끈 감는 순간, 탕 소리가 들린다.

다시 눈을 떴을 때는 옆에 에스메랄다가 쓰러져 있다.

에스메랄다가 나 대신 총알을 맞으려고 뛰어들었다.

카츠가 다시 나를 향해 총구를 겨누지만 탄약이 떨어졌는지 찰칵찰칵 소리만 들린다.

나는 소용없는 일인 줄 알면서도 로봇에게 달려들어

금속 몸통에 발톱을 박아 넣으려고 애를 쓴다. 걷잡을 수 없는 분노에 사로잡혀 이빨로 놈의 새파란 눈 한쪽을 물고 흔들어 대기 시작한다. 고양이의 안와에 해당하는 로봇의 눈 뒤쪽 구멍에 전선으로 연결된 전구 하나를 뽑아 던져 버린다. 그런 다음 앞발을 로봇의 금속 뇌에 집어넣어 전선을 잡아당긴다. 전선 가닥들이 타닥타닥 불꽃을 일으키며 줄줄이 뽑혀 나온다.

드디어 기계 동물이 동작을 멈추더니 옆으로 쓰러진다.

나는 에스메랄다에게 달려가 쓰러진 그녀를 발로 일으켜 품에 안는다. 그녀에게 명령한다.

「죽지 마!」

벌써 생명의 에너지가 그녀에게서 빠져나오는 게 느껴진다.

「걱정하지 마. 괜찮을 거야.」

그녀가 희미한 미소를 짓지만 입가에서는 피가 흘러나온다.

「이건 명령이야, 죽지 마!」

「너무 늦었어, 바스테트! 이 세상은 네가 구해야 해. 그리고 네가 통치해야 해. 너 혼자서. 널 참 많이 좋아했어.」

피타고라스처럼 말이지.

에스메랄다가 혼자 죽음을 맞는 고양이들이 으레 그러듯이 바닥을 기어 구석진 곳을 찾아간다.

나는 지켜볼 뿐 따라가지 않는다. 그게 우리들의 방식이니까. 로봇 고양이 한 마리가 또 나타나 공격 자세를 취한다. 이번에는 내가 하는 걸 보고 배운 안젤로가 달려와 놈을 처치한다. 로봇의 파란 눈을 뽑은 다음 앞발을 머릿속에 넣어 휘저으면서 전선을 밖으로 잡아당긴다.

억장이 무너진다.

에스메랄다!

이젠 명백해졌어. 나를 사랑하면 불행한 일이 생겨.

바로 내 옆에서 수류탄이 터진다. 갑자기 고막이 터진 것처럼 아프다.

아무 소리도 들리지 않고 귓속이 윙윙거린다. 탕탕거리는 총소리도 인간들의 비명도 요란한 폭발음도 사라졌다.

무성 영화를 보고 있는 듯한 기분이 든다.

나는 자살 충동에 휩싸여 공장 출입구와 마주 보는 광장으로 걸어 나간다. 총성과 포연과 살기로 들끓는 곳에 서서 생각한다.

그만 포기해야겠어.

주변 세계가 슬로 모션으로 움직이는 것 같은 착각이

든다.

먼저 간 친구들이 떠오른다. 피타고라스, 샹폴리옹, 그리고 에스메랄다.

이제 전투에는 신물이 나. 여왕 되기를 포기해야 한다면 하는 수 없지. 쥐들의 세상이 와도 어쩔 수 없어. 지구상에 존재할 자격이 없는 인간들을 지켜 주기 위해 더 이상 고양이들이 희생할 수 없어.

포연에 덮인 전장을 허위허위 걸어다니는 내 존재에 아무도 눈길을 주지 않는 것 같다. 나는 광란 속을 유령처럼 떠돈다. 수류탄 파편이 바람을 일으키며 털을 쓸고 지나가고 총알이 귓바퀴를 스쳐 지나간다.

구경꾼의 심정으로 전투를 지켜본다.

나는 공장 지붕에 올라가 굴뚝을 기어오른다. 귀에 윙윙대던 소리가 이제 들리지 않는다. 정신을 모으고 ESRAE에 접속해 모차르트의 레퀴엠을 듣는다.

발아래를 굽어보니 세계는 이전의 속도를 되찾은 것 같아 보인다. 혼돈의 세상과 대조를 이루는 차분하고 느리고 슬픈 멜로디가 마음을 적셔 준다.

내가 핵폭탄이 오작동을 일으키게 하지 않았더라면, 그래서 폭탄이 터졌더라면 혹시 뭐가 달라졌을까?

답은 자명하다.

인간들 유전자 깊숙한 곳에는 죽음의 충동이 새겨져 있어. 외부의 적을 향해 파괴적 본능을 표출하지 않으면 끝내는 자기 자신을 향해 총구를 돌리는 게 인간들이지.

이래서 자기 파괴적인 인간들 대신 우리 고양이들이 지구의 주인이 되어야 하는 거야.

내가 세상을 통치해야 하는 이유가 바로 여기 있어. 내가 인간 문명의 계승자가 되어야 하는 이유가. 이것이 먼저 간 내 친구들을 위한 길이야.

피타고라스.

샹폴리옹.

에스메랄다.

그리고 수많은 인간과 동물 친구들.

나는 굴뚝 위 전망대에서 내려와 지붕 구석에서 몸을 웅크리고 숨는다.

별안간 총성이 멎고 사위가 조용해진다. 드문드문 단말마의 비명이 들릴 뿐이다.

다들 싸우다 지쳤나?

탄약이 떨어졌나?

나는 궁금증을 참지 못해 지붕에서 내려간다. 안젤로가 날 발견하고 앞발을 흔들어 보인다.

「엄마, 얼른 이쪽으로 와보세요! 무슨 일이 있는 것 같아요.」

아직도 최악이 남았단 말인가?

나는 참담한 심정으로 아들을 뒤따라간다.

죽은 줄 알았던 마크 레이버트 회장이 사람들의 부축을 받고 일어서 있는 게 보인다. 그가 배에 두른 붕대에 손을 가져가면서 인상을 찡그린다.

그가 응급 처치를 받고 정신을 차린 다음 카츠들의 작동을 멈추게 한 모양이다. 로봇 고양이들이 제자리에 붙박인 듯 서 있다. 발을 치켜올리거나 입을 벌린 채 그대로 동작을 멈춘 로봇들도 눈에 띈다.

포성이 멎은 뒤 찾아온 어리둥절한 시간. 서로를 멀뚱멀뚱 쳐다보던 생존자들이 갑자기 호스를 끌어와 불을 끄고 부상자를 옮기고 시체를 한곳에 모아 쌓아 놓기 시작한다. 안전한 요새였던 공장이 단 몇 시간 만에 아수라장으로 변했다. 인간들의 시체와, 팔다리 관절이 떨어져 나간 로봇들이 바닥에 뒤섞여 나뒹군다.

병원과 영안실로 용도가 바뀐 텐트 두 곳에 사람들이 북적인다.

쥐들의 공격을 받지도 않았는데 순식간에 생지옥으로 변했다는 게 믿기지 않아.

병원 앞에 부상자들이 길게 줄을 서 있다. 다들 지금의 상황에 대해 말을 아끼는 눈치다.

나는 한참을 찾아 돌아다닌 끝에 병원으로 개조된 흰색 텐트에서 부상당한 로망을 간호하고 있는 나탈리를 발견한다.

이제 화해한 걸까?

카츠들은 배터리를 뺀 상태로 모두 창고에 들어갔다.

로봇들에게 벌을 주고 나서야 비로소 인간들은 편안한 표정으로 돌아온다. 하지만 그들은 자신들을 지켜 주던 로봇의 존재를 위협으로 느끼기 시작한다.

이날 밤, 오랜만에 나탈리와 로망이 나란히 누워 잠을 청한다. 나는 둘이 오붓한 시간을 보낼 수 있게 안젤로를 데리고 지붕으로 올라간다.

「엄마, 우리가 이 상황에서 과연 살아남을 수 있을까요?」

「그런 질문은 아무리 해봐야 소용없어. 냉정을 잃지 않고 문제가 생길 때마다 처리해 나가면 되는 거야.」

불현듯 에스메랄다 생각이 난다.

정말 멋진 고양이었어.

잠이 내 긴장을 풀어 주고 주변 사람들도 차분하게 만들어 주길 기대하면서 눈을 감으려는 순간, 비상 사이렌이 울린다.

이놈의 사이렌은 어째 밤낮을 모르고 울리네!

나는 황급히 지붕을 내려가 회의장으로 달려간다. 몸은 지쳤지만 정신은 어느 때보다 깨어 있다. 나탈리도 회의장으로 뛰어 들어오는 게 보인다.

나는 그녀에게 다가가며 묻는다.

「대체 무슨 일일까요? 이 밤중에 사이렌이 울리다니?」

힐러리 클린턴이 잰걸음으로 연단 위에 올라와 마이크를 잡는다.

「끔찍한 하루를 보내고 다들 지쳐 계실 텐데 이렇게 모이게 해서 죄송합니다. 내일까지 기다릴 수 없는 긴박한 상황이 발생해 어쩔 수 없었다는 걸 이해해 주세요.」

그녀가 잠시 뜸을 들이더니 어두운 표정으로 입을 연다.

「우리한테 메시지가 하나 도착했어요.」

그녀가 자신의 스마트폰을 꺼내 들여다보며 메시지를 읽는다.

〈폴입니다. 긴급히 몇 가지 알려 드립니다. 티무르가 당신들 통신을 도청해 맨해튼 핵폭탄 투하 작전을 다 알고 있어요. 미사일이 센트럴 파크에 떨어져 꽂히는 것도 지켜보았어요. 접촉 불량일 수도 있어 바람이 세게 불면 폭탄이 터질 수도 있다는 그랜트 장군의 얘기를 듣더니

그가 백성들을 데리고 뉴욕을 떠나기로 결정을 내렸어요. 핵폭탄이 얼마나 무서운지 잘 알기 때문이에요.〉

힐러리 클린턴이 가느다란 한숨을 내쉬더니 계속 읽어 내려간다.

〈티무르는 현재 당신들이 보스턴 다이내믹스 공장에 머물고 있는 걸 알아요. 그래서 대군을 이끌고 막 북쪽을 향해 출발했어요. 당신들을 죽여 위협을 완전히 제거하고 ESRAE도 다시 빼앗겠다는 계획이에요. 그는 자신이 받은 백과사전의 데이터가 자동 삭제된 것에 분노를 참지 못하고 있어요.〉

메시지를 다 읽은 힐러리 클린턴이 떨리는 목소리로 결론을 말한다.

「쥐들이 여기로 오고 있답니다!」

사람들이 웅성거리기 시작한다.

실뱅이 리모컨을 들고 연단으로 올라온다.

「관측 위성을 통해 쥐 군단의 이동 상황을 포착했습니다.」

그가 연단 뒤쪽 스크린에 이미지를 띄운다. 맨해튼 대로에 마치 검은 용암이 흐르듯 구불구불 선이 이어지는 게 보인다. 이 선이 북쪽으로 올라가다가 도시 밖으로 빠져나간다.

「우리가 가진 인공 지능 계측 시스템을 활용해 계산해 본 결과 놈들의 숫자는 대략 3천만에 이를 것으로 보여요.」

티무르의 지휘를 받는 3천만 대군이라……

성질 급한 말이 벌떡 일어나며 묻는다.

「우린 얼마나 되죠?」

「어제까지만 해도 4만 2천 명이었는데 오늘 난리 통에 천 명이 목숨을 잃어 현재 4만 1천 명이에요. 여기에다 로봇 고양이들이 입은 피해도 생각해야 해요.」

「아예 저들의 적수가 안 되겠군요.」 성질 급한 말이 긴 한숨을 내쉰다.

「우리가 여기까지 오는 데 40일이 걸렸으니 저들도 비슷하겠죠. 방어 체계를 갖추기 위한 시간은 그만큼 번 셈이네요.」

힐러리 클린턴이 말하자 실뱅이 고개를 갸웃거린다.

「현재 위성이 전송해 오는 영상을 분석해 보면 적들의 이동 속도가 훨씬 빠른 것 같으니 30일로 잡는 게 좋을 것 같아요.」

장내에 무거운 침묵이 흐른다.

나는 인간들의 토론이 시작되기 전에 텐트로 돌아와 라디에이터 옆 침대에 따뜻하게 자리를 잡는다. 오늘 하루 가슴에서 소용돌이쳤던 감정들을 차분히 정리하는 시간.

침묵이 찾아오고 나는 잠의 세계로 빠진다.

꿈을 꾼다. 잠은 내게 아이디어 공장이다.

꿈은 내 정신의 힘이 분출하는 시간이다.

지나간 시간들이 연속 촬영한 사진처럼 눈앞을 지나간다. 제3의 눈이 생겼을 때의 감격, 푸른 행성 지구를 사진으로 처음 보고 느꼈던 신비감, 루앙에서 티무르와 독대하던 순간의 팽팽한 긴장감. 그동안 참전했던 무수한 전투들, 티무르의 앙칼진 휘파람 소리와 그에 응답하던 쥐 군단의 함성. 그와 마지막으로 나눈 대화 몇 마디가 머릿속을 맴돌며 떠나지 않는다. 〈인간들한테 우리가 존경할 만한 구석이 조금이라도 있다고 생각해?〉〈공룡들처럼 인간들도 이 지구상에서 사라져야 해. 인간이라는 종은 지구상의 다른 생명체에게 해만 끼치는 기생충이야.〉〈너와 나, 그리고 고양이들과 쥐들은 공존할 수 있지만 인간들과는 불가능해.〉

다코타 작전의 긴박감, 돌변한 카츠들의 공격, 에스메랄다의 죽음, 의장과 장군의 권력 다툼 그리고 여전히 껄끄럽기만 한 나탈리와 로망의 관계.

인간들 입에서 나오는 건 소통의 소리가 아니라 소음

이야. 그들은 서로를 이해하기 위해서가 아니라 파괴하기 위해서 말할 뿐이야.

그 순간, 해결의 실마리가 보인다.

왜 미처 이 생각을 못 했을까? 머릿속에서 싹트고 있는 생각을 왜 밖으로 못 끄집어냈을까? 최근에 벌어진 일들이 모두 한 방향만을 가리키고 있다는 걸 왜 몰랐을까?

나는 성경과 관련된 백과사전의 한 항목을 머리에 떠올린다. 그 아이디어를 현실화할 구체적인 방법과 절차를 고민한다. 이번엔 확실히 성공할 수 있다는 자신감이 생긴다. 이건 지금까지 어느 누구도 상상하지 못한 천재적인 아이디어니까.

56

자기 자신에게 하는 거짓말

시카고에 살던 주부 메리언 키치(원래 이름은 도러시 마틴)는 지역 신문에 자신이 외계인들로부터 자동기술 메시지를 받았다는 소식을 알린다. 클라리온 행성에 살고 있다고 밝힌 외계인들이 정확히 1954년 12월 21일에 대홍수가 일어나 세상이 물에 잠기게 될 것이라고 경고했다는 것이다. 이 기사가 나가자 신도들이 모여들기 시작해 메리언 키치는 일종의 사교(邪教) 집단을 이끄는 교주가 되었다.

외계인들이 보낸 메시지를 철석같이 믿은 신도들은 재산을 전부 다른 사람에게 나눠 준 다음, 살던 집을 떠나 짐 가방 하나만 들고 비행접시에 탑승하기 위해 모여들었다. 대홍수가 일어나는 날 메리언 키치와 함께 있다가 우주로 떠나는 사람들만 살아남을 수 있다고 들었기 때문이었다.

그런데 운명의 날인 1954년 12월 21일이 오자 아무 일도 벌어지지 않았다. 당연히 사교 집단이 해체되고 신도들은 흩어져야 했겠지만 그렇지 않았다. 메리언 키치는 다음 날 클라리온 행성 외계인들이 다시 자동기술 메시지를 보내왔다고 발표한다. 그녀와 뜻을 같이하는 사람들이 사랑의 빛을 퍼뜨리는 모습에 감동해 지구를 지켜주기로 했으며 대홍수는 없던 일로 한다는 내용이었다.

이런 촌극이 벌어진 뒤에도 탈퇴한 신도는 고작 두 명뿐이었다. 나머지는 메리언 키치를 믿고 자신들이 세상을 구했다는 확신에 차 그녀를 더욱 열렬히 추종하게 되었다. 교주를 위기에 빠트렸어야 하는 이 사건은 거꾸로 그녀에게 도약의 발판을 마련해 주었다. 남은 신도들의 열성적인 포교에 힘입어 도리어 교세가 확장되었기 때문이다.

미국의 사회 심리학자 리언 페스팅거는 공동 저서인 『예언이 실패할 때』에서 이 사건을 면밀히 분석한 뒤 〈인지 부조화〉 개념을 도출했다. 그에 따르면 자신들의 신념 체계가 옳다고 확신하는 사람들이 많을수록, 이에 반하는 현실에 부딪혀도 이 신념 체계가 흔들릴 가능성은 거의 없다. 자신이 가진 확신과 객관적인 사실 사이에서 괴

리를 발견할 경우 이 모순을 처리하기 싫어 자신에게 거
짓말을 하게 되기 때문이다.

『상대적이며 절대적인 지식의 백과사전』제14권

57

설득의 어려움

나는 밤새 계획을 가다듬고 나서 아침 일찍 나탈리를 깨운다.

「어서 일어나요! 꾸물거릴 시간이 없어요!」

「무슨 일인데 그래?」

그녀의 얼굴이 덤불처럼 엉킨 부스스한 머리 위로 솟아오른다.

집사가 잠에 취한 얼굴로 눈을 비빈다.

「이 위기를 탈출할 방법을 찾았어요. 어서 부족 대표단 회의를 소집해 내 계획을 상세히 설명해야겠어요.」

내 아이디어가 이따금 좋은 결과를 냈다는 사실을 기억하는 집사가 얼른 로망의 품에서 몸을 뺀다. 그녀가 자리에서 일어나더니 기지개를 켜고 옷을 챙겨 입기 시작한다.

나는 서두르라고 재촉한다. 야옹.

「빨리빨리, 한시가 급해요!」

인간 집사들은 자기 생각밖에 할 줄 몰라. 게다가 행동은 어찌나 굼뜬지.

나는 집사의 장딴지를 살짝 깨물어 눈치를 준다.

공포에 사로잡혀 있는 대표단을 구슬리는 게 어렵진 않을 거야.

아침 8시, 나는 회의장에서 부족 대표단을 마주 보고 서 있다.

나는 적확한 단어를 고르려고 애를 쓰며 말문을 연다.

「암컷과 수컷 인간 여러분, 암컷과 수컷 고양이 여러분. 우리는 풍전등화의 위기에 처해 있습니다. 이제 곧 우리를 절멸시키러 수천만 대군이 들이닥칠 겁니다. 쥐들이 당도하기 전에 서둘러 해결책을 찾지 않으면 안 됩니다.」

나는 잠시 말을 멈췄다 다시 잇는다.

「우리가 지금처럼 분열해 있다면 쥐 군단은 폐허로 변해 버린 이곳에 우리들의 시체를 밟고 무혈입성하게 될 것입니다. 적들과 싸우려면 우리에게 〈동지애〉가 필요합니다. 단결하지 않으면 안 됩니다. 저는 고양이지만 여러분한테 공감할 수 있어요. 여러분도 이런 감정을 동족에게 느껴야 합니다. 우리 고양이들한테까지 느낄 수 있다면 더 좋겠죠.」

「서론은 그만하면 됐으니 본론을 들어 봅시다. 그래, 당신 계획이 뭐요, 바스테트?」 그랜트 장군이 말을 자르며 끼어든다.

청중의 눈빛에서 조급함이 읽혀 나는 간단히 결론부터 말한다.

「소통입니다.」

「뭐, 또 소통?」 장군이 눈을 부릅뜨고 나를 노려본다.

나는 조금도 동요하지 않는다.

「ESARE에서 여기 있는 로망 웰즈의 조상인 에드몽 웰즈 교수의 시를 한 편 읽었어요. 암송해 볼 테니 들어 보세요.」

내가 생각하는 것,

내가 말하고 싶어 하는 것,

내가 말하고 있다고 믿는 것,

내가 말하는 것,

그대가 듣고 싶어 하는 것,

그대가 듣고 있다고 믿는 것,

그대가 듣는 것,

그대가 이해하고 싶어 하는 것,

그대가 이해하고 있다고 믿는 것,

그대가 이해하는 것,

내 생각과 그대의 이해 사이에 이렇게 열 가지 가능
성이 있기에 우리의 의사 소통에는 어려움이 있다.

그렇다 해도 우리는 시도를 해야 한다.

나는 심호흡을 하고 나서 감상을 덧붙인다.

「시에서 비관주의와 현실주의가 동시에 느껴지죠! 그
런데 바로 이 시 속에 문제 해결의 실마리가 들어 있
어요.」

나는 대표단의 회의적인 시선을 의식하며 말을 이어
간다.

「저는 예전에 정신이 뇌와 분리될 수 있다고 생각했어
요. 뇌를 떠난 정신이 다른 종의 정신과 접속할 수 있다
고 믿어 쥐, 물고기, 새와 정신 대 정신의 소통을 시도했
지만 번번이 실패했죠. 그런데 지금 여러분 눈에 보이는
이 제3의 눈을 이식하고 나서 인간과 소통이 가능해졌어
요. 정신의 능력이 한계에 부딪힌 지점에서 기술이 개입
해 장애물을 제거해 준 덕분이죠. 이것은 제게 놀라운 깨
달음이자 혁명이었어요. 제 몸에 이식된 이 부속 기관 덕

분에 무지의 장막이 걷혔어요. 하지만 저는 여전히 예전에 가졌던 꿈을 포기하지 않았어요. 서로 다른 언어를 가진 동물들이 결국에는 똑같은 하나의 언어, 즉 정신의 언어로 소통할 수 있게 되는 날이 오기를 바라고 있습니다.」

「대체 당신 말의 요지가 뭐예요, 고양이? 우린 당신의 장광설을 들어 줄 시간이 없어요.」힐러리 클린턴이 끼어든다.

「소통은 세상 모든 문제에 대한 가장 완벽한 치료제입니다. 이에 반해 소통의 부재는 치명적인 독약이 될 수 있죠. 어제 당신들이 싸우는 모습을 보고 그걸 더 확실히 깨달을 수 있었어요. 처음엔 당신들이 실망스럽고 지긋지긋하다는 생각이 들더군요. 아끼던 친구 에스메랄다까지 잃고 나니 의식 수준이 낮은 당신들은 어차피 소통이 불가능한 존재라는 생각까지 들었어요. 절망이었죠. 그런데 한편 알 수 없는 분노가 치밀었어요. 바로 나 자신을 향한 분노였어요. 무력감으로 괴로워하다 어느 순간 깨달았죠. 해결책은 이미 있었는데 내 부족한 상상력 때문에 그걸 보지 못했다는 것을. 그래서 잠을 청했고, 꿈의 세계에서 깨달을 수 있었어요. 문제의 해결책은 바로 소통에 있다는 걸 말이에요.」

청중이 내 얘기에 집중하고 있는 게 느껴진다.

「성경 구절에서 내 직관이 옳다는 걸 확인할 수 있었어요. 고양이 성경을 쓰기 전에 인간들의 성경을 먼저 읽으라는 집사의 조언에 따라 그동안 성경을 틈틈이 읽고 있었어요. 그런데 어제 무릎을 탁 치게 만드는 구절을 만났죠. 그동안 내가 뭘 놓치고 있었는지 알게 됐어요.」

「사람 힘 빼지 말고 요점만 말해요. 대체 당신 계획이 뭐예요?」 의장이 조바심을 치며 재촉한다.

나는 서스펜스를 위해 일부러 뜸을 들인다.

「어떤 구절을 말하는 거죠?」 한 복음주의자가 손을 들며 묻는다.

「바벨탑 말이에요. 다들 잘 아시겠지만, 옛날에 하늘에 닿으려고 탑을 높이 쌓은 인간들이 있었어요. 그들은 구름을 뚫고 천국에 닿으려고 했죠.」

「그 얘기를 모르는 사람들이 여기 있을까? 그래서 그게 뭐 어떻다는 거요?」 사제 하나가 비아냥거리는 투로 말한다.

「그러자 신께서는 그들을 제지하기 위해 서로 다른 언어를 하나씩 주셨죠. 서로 이해하지 못하게 만드신 거예요. 소통이 불가능하게 된 인간들은 당신들이 어제 그랬듯이 서로 치고받으며 싸우기 시작했고, 바벨탑은 무너지고 말았어요.」

「결론이 뭐예요?」사제가 나를 쳐다보며 닦달한다.

「제 얘기의 결론은, 우리가 쥐들과 전면전을 펼쳐시는 절대 승리할 수 없다는 겁니다. 우리의 현재 전력으로는 그들을 당할 수가 없습니다. 반면에 쥐들 간에 싸움을 부추겨 자멸을 유도하면 승산이 있어요. 바벨탑처럼 쥐들의 제국이 무너지게 만들자는 게 제 아이디어입니다.」

대표단이 눈을 반짝이며 다시 내 얘기에 귀를 기울인다.

이제야 말귀를 알아듣는 모양이야.

「쥐들 간에 싸움을 부추긴다? 대체 뭘 어떻게 하자는 거요?」그랜트 장군이 따져 묻는다.

「음, 지금부터는 이디스 골드스타인의 능력이 필요할 것 같아요. 이디스, 단상으로 올라와 주겠어요?」

생물학자가 내 옆으로 와서 청중을 마주 보고 선다.

「당신이 크리스퍼, 일명 유전자 가위 기술에 대해 우리한테 말해 준 적이 있어요. DNA를 교정한 다음 변형된 DNA를 바이러스를 통해 퍼뜨리는 게 가능하다고 했죠. 내게 제대로 이해한 게 맞나요?」

「맞아요, 이론적으론 얼마든지 가능합니다. 실제로 크리스퍼 기술을 활용해 쥐의 간을 파괴하는 바이러스를 개발하기도 했고. 일전에 얘기한 적이 있는 프로메테우스 프로젝트 말이에요. 쥐들이 변이를 일으키는 바람에 안타깝게 실패로 끝나긴 했지만.」

「쥐들이 바이러스에 감염된 개체를 찾아내 격리했기 때문에 실패한 거잖아요. 그런데 만약에 누가 감염됐는지 알 수 없다면, 그러면 어떻게 될까요?」

「무슨 말을 하려는 거죠?」

이디스가 호기심 가득한 눈으로 나를 쳐다본다.

「내가 ESARE에서 읽은 바에 의하면 우리 뇌에는 언어의 생성과 제어를 담당하는, 신경 생물학자들이 브로카 영역이라고 부르는 곳이 있어요. 언어 구사 능력과 직결된 이 구역의 존재를 1861년 프랑스 외과 의사 폴 브로카가 발견했다고 해요.」

이렇게 정보로 기선을 제압할 때 난 통쾌함을 느껴…….

「그건 알죠, 그런데…….」

「그러니까 이 브로카 영역이 존재하기 때문에 인간은 말로, 고양이는 야옹 소리로 소통이 가능한 거예요. 대화를 나눌 때 우리가 발음을 부정확하게 하면 상대방은 무슨 말을 하는지 이해하지 못해요. 하지만 우린 상대가 주의 깊게 듣지 않았거나 잘못 들었다고 생각하지, 자기 탓이라고는 생각하지 않죠. 이 브로카 영역과 관련된 DNA

에 돌연변이를 일으키는 바이러스가 있다고 상상해 봐요. 이 바이러스에 감염된 개체는 언어 능력이 손상돼, 상대방이 알아들을 수 없는 말을 하게 될 거예요. 그런데도 감염된 개체는 상대가 자기 말을 못 알아듣는 거라고 상대방 탓을 할 거예요. 뇌는 몸의 전반적인 상태를 파악하는 기능이 있어요. 그런데 이 뇌 자체가 손상을 입을 경우, 스스로 손상 사실을 인지하지 못해요. 바이러스에 감염된 쥐들은 자기가 상대방이 이해할 수 없는 말을 하고 있다는 사실을 모르게 돼요. 동시에 상대방 말도 이해하지 못하게 되죠. 그런데도 자신들은 멀쩡하고 상대방한테 문제가 있다고 믿는 거예요.」

「소통에 문제를 일으키는 바이러스라?」 그랜트 장군이 비웃으며 끼어든다. 「쥐들이 눈치채지 못하게 소통 불가능한 상태로 만들어 놓는 바이러스? 그런 게 가능하다 해도, 언감생심 그걸로 쥐들의 3천만 대군을 저지할 수 있을 것 같소?」

나를 비방하는 데 앞장서는 인간이 내 계획을 이렇게 일목요연하게 정리하다니, 아이러니하네.

나를 바라보는 좌중의 시선이 변하는 게 느껴진다.

저들이 내 아이디어의 위력을 깨닫기 시작했어. 이로써 난 비전과 상상력이 내 통치력의 핵심이라는 걸 입증해 보였어. 저들은 자신들이 만든 도구를 기발하게 활용하는 나의 사고력과 기민함에 경의를 표하고 있을 거야.

인간들이 입을 다물지 못한다.

이디스와 로망, 나탈리도 새삼 내 능력에 놀란 눈치다.

하긴, 나 자신도 내가 놀라울 정도니까.

로망이 벌떡 일어나 박수를 치기 시작한다. 대표단이 따라 일어나 나를 향해 기립 박수를 보낸다. 우렁찬 박수 소리에 야옹 소리와 컹컹 소리까지 가세한다.

얼마나 오랫동안 기다려 온 순간인가.

내가 이 연설대에 오르기 전까지만 해도 분노한 쥐 군단에 곧 잡아먹힐 처지라고 생각했을 테니 당연히 감격스럽겠지.

나는 두 어깨에 힘을 주고 말을 이어 간다.

「지금부터 상세한 실행 방법을 말씀드리겠습니다. 1단계: 이디스가 쥐 한 마리의 DNA를 추출해 염기 서열을 분석합니다. 그런 다음 브로카 영역이 손상되게 DNA를 교정합니다. 이렇게 변이를 일으킨 쥐의 뇌에서는 브로카 영역의 오작동을 유발하는 새로운 DNA를 지닌 세포가 생성되게 됩니다. 2단계: 이디스가 쥐들에게 퍼뜨릴 수 있는 독감 형태의 바이러스를 개발합니다. 이 바이러스를 통해 변이 DNA가 다른 쥐들에게 퍼지게 만드는 거

죠. 물론 이 과정에서 한 치의 오차도 없도록 여러 번 테
스트를 거쳐야 해요. 우리한테는 30일이라는 시간이 있
어요. 이 방법이 성공하면 쥐들은 자신만 알고 상대는 알
수 없는 말을 지껄이게 될 거예요.」

「쥐들이 자신만 알고 상대는 알 수 없는 말을 하게 된
단 말이지…….」나탈리가 중얼중얼 내 말을 반복한다.

「어떤 방법으로 이 바이러스를 쥐 군단에 퍼뜨릴 생각
이야?」로망의 질문이 과학자답게 날카롭다.

나는 기다렸다는 듯이 대답한다.

「여기부터는 3단계예요. 마크 레이버트가 큰 역할을
해줘야 해요. 카츠 로봇은 최대 한 시간까지 전투 모드로
버틸 수 있고 그다음에는 쥐들의 집중 공격에 속수무책
일 수밖에 없다고 당신이 말한 것으로 기억하는데, 맞
나요?」

「맞아요.」

「좋아요. 어차피 30분이면 충분해요. 현재 우리한테
로봇이 몇 마리 있죠?」

「어제 전투에서 5백 마리 정도 희생됐으니까, 이제 쓸
수 있는 건 2천5백 마리.」

「그 정도면 됐어요. 이 로봇 고양이 2천5백 마리를 적
진에 풀어 놓아 바벨 바이러스를 퍼뜨리게 만드는 거예

요. 최대한 오래 버티면서 송곳 같은 이빨로 주삿바늘을 찌르듯 쥐들 피부 깊숙이 바이러스를 주입하게 만드는 거예요.」

「그걸로 충분할까?」

「처음에는 그걸로 안 될 거예요. 그래서 4단계가 필요해요. 바벨 바이러스가 효과를 발휘할 때까지 우리가 버틸 수 있게 방어 체계를 강화해야 해요. 그런 다음 5단계로 넘어가는 거예요. 이때부터 그랜트 장군이 자신의 병력을 가지고 전통적인 방식으로 전투를 치르게 될 거예요. 쥐들은 이미 전력이 약해진 데다 소통이 불가능한 상태이기 때문에 조직적인 공세를 펼칠 수 없을 거예요.」

나를 바라보는 청중의 시선에서 존경심이 느껴진다.

이것이 일명 〈바스테트 효과〉. 상상력과 부드러운 카리스마의 승리.

나는 목에 힘을 주며 호기롭게 발언을 마무리한다.

「친애하는 인간 대표단 여러분, 그리고 사랑하는 고양이 동지 여러분, 시간이 많지 않아요. 지금부터 각자 소임을 다해 주길 바랍니다.」

58

크리스퍼

2012년, 생물학계에 그야말로 일대 혁명이 일어났다. 프랑스 과학자 에마뉘엘 샤르팡티에와 미국 과학자 제니퍼 다우드나가 〈잘라 붙이기〉와 〈찾아 바꾸기〉 같은 텍스트 편집 방식과 유사하게 유전자 염기 서열을 바꿀 수 있는 기술인 크리스퍼-캐스9(CRISPR-Cas9)을 공동 개발하는 데 성공한 것이다

리본처럼 생긴 DNA는 우리 몸 세포의 핵 속에 위치해 개개인이 지닌 유전적 특징을, 다시 말해 우리가 누구인지를 결정한다.

크리스퍼(CRISPR)는 〈규칙적인 간격을 두고 나타나는 짧은 회문 구조의 반복Clustered Regularly Interspaced Short Palindromic Repeats〉의 줄임말로, 유전체에서 발견되는 독특한 서열이다. 캐스9은 유전자 절단에

쓰이는 일종의 효소로, DNA의 가닥을 절단하는 가위라고 이해하면 된다.

에마뉘엘 샤르팡티에는 크리스퍼-캐스9을 이용한 DNA 편집을 통해 (당뇨, 암, 알츠하이머 같은) 인간의 유전성 질환들을 없앨 수 있고, 뿔 없는 소가 태어나게 할 수도 있으며 (소들이 싸우다 다칠 것을 염려해 일부러 뿔을 제거할 필요가 없어진다) 말라리아를 옮기지 않는 모기를 만들 수도 있다고 말했다.

크리스퍼가 무한한 가능성을 가진 기술임을 인지한 다수의 윤리 위원회에서 유전자 편집 기술의 악용 가능성을 경고하기 시작했다. 이들은 특히 크리스퍼 기술이 (가령 결함이 없는 아기를 태어나게 하는) 우생학 등 비도덕적인 목적으로 사용될 수 있으며, 살아 있는 생물체 속 세포의 DNA가 바뀌는 것이 생태계에 어떤 영향을 끼칠지 알 수 없다는 점도 지적했다.

그러자 크리스퍼 기술의 공동 개발자인 에마뉘엘 샤르팡티에와 제니퍼 다우드나가 직접 나서서 크리스퍼-캐스9 기술의 오남용을 막기 위한 모라토리엄을 요청했다. 하지만 중국 과학자인 허젠쿠이가 금기를 깨고 유전자 편집 기술을 인간 배아에 적용했다. 이렇게 해서 (아버지가 에이즈 환자이지만 에이즈에 면역력을 가지고 있는) 쌍둥이가 태어났다. 그의 유전자 편집 실험은 과학계의 분노를 불러일으켰다. 결국 중국 정부는 그의 연구를 중단시켰고, 허젠쿠이는 유죄 판결을 받았다.

『상대적이며 절대적인 지식의 백과사전』제14권

59
3천만 대군

비상 사이렌이 울린다.

지평선이 꿈틀대는 적의 실루엣들로 뒤덮여 있다.

티무르의 3천만 대군…….

시간이 일주일만 더 있었으면 준비를 완벽히 끝낼 수 있었겠지만, 하는 수 없다.

내 연설을 기점으로 우리 공동체는 35일 동안 〈바벨 작전〉 준비에 몰두했다.

우리는 쥐 열댓 마리를 대상으로 인공적인 감염병에 대한 테스트를 마쳤다.

로봇 공학자들은 마크 레이버트의 지휘하에 카츠 007의 이빨이 바이러스를 효과적으로 주입할 수 있도록 구강 구조를 손보았다.

드디어 결전의 날.

설치류 군단의 체취가 멀리서 바람을 타고 코끝에 와 닿는다.

매운 냄새가 파고들어 눈까지 아프다.

심장 박동이 거칠어지기 시작한다. 기분 나쁜 전율이 등을 타고 꼬리 끄트머리까지 퍼져 나간다.

우리는 보스턴 다이내믹스 공장 내 주(主) 건물의 넓은 테라스에 작전 사령부를 꾸린다. 모래주머니를 쌓아 놓고 기관총을 설치한 다음, 거치대 위에 쌍안경과 영상 촬영용 스크린을 올려놓았다.

부족 대표들은 여기서 상황을 지켜보고 다른 사람들은 뒤로 물러나 스크린을 통해서 교전 장면을 지켜보게 한다.

드론에 장착된 카메라들이 적의 진군 장면을 여러 각도에서 촬영해 전송해 온다.

몸이 완전히 회복되지도 않은 마크 레이버트가 휠체어를 타고 사령부에 합류해 있다. 그랜트 장군은 군복에 군모를 쓰고 선글라스를 썼다. 초록색 위장복을 입은 나탈리의 모습이 그럴듯해 보인다. 로망 역시 헐렁한 군복을 걸치고 나타났다.

티무르의 대군이 꾸준한 속도로 빠르게 진격해 오고 있다. 나는 최고의 전망대인 집사의 어깨 위로 뛰어오른다.

모두의 시선이 내 입으로 향해 있다.

나는 위엄 있게 야옹거린다.

「아직 아니에요.」

눈앞에 보이는 언덕에 거대한 갈색 테이블보가 덮여 있는 듯한 착각이 든다.

「조금만 더.」

당장 공격을 개시하고 싶은 동료들의 들뜬 분위기가 감지된다. 하지만 나는 차분하게 적이 더 근접해 오기를 기다린다. 거리가 좁혀질수록 내 작전의 성공 가능성 또한 높아질 테니까.

나는 마침내 공격 신호를 보낸다.

「작전 개시!」

마크 레이버트가 손에 든 스마트폰을 터치하자 유리 방벽이 좌우로 열리더니 카츠 2천5백 마리가 달려 나간다.

로봇 고양이들의 새파란 눈이 상향등처럼 켜져 앞을 비춘다. 귀는 공기 저항을 최소화하기 위해 뒤로 접혀 있다.

우린 더 이상 물러설 곳이 없어.

로봇들이 우리 방어선을 지나 적의 일선에 도달하는

모습이 보인다. 카츠들은 입력된 명령대로 쥐에서 쥐로 옮겨 다니며 바벨 바이러스만 주입할 뿐 공격을 시도하지는 않는다.

작전은 속전속결로 끝난다. 어차피 중과부적이었다. 카츠 2천5백 마리가 단 몇 분 만에 거의 전멸했다.

로봇들이 최대한 많은 쥐에게 바이러스를 주입했어야 할 텐데.

나는 백과사전에서 읽은 인류 최초의 세균전을 머리에 떠올린다. 1347년, 몽골 군대가 크림반도에 위치한 제노바의 해외 상관(商館) 카파에 대한 포위전을 펼치던 때의 일이다. 몽골 병사들은 투석기를 이용해 페스트에 감염된 시체들을 성벽 너머로 쏘아 보냈다.

인간의 역사를 공부하다 보면 좋은 아이디어가 참 많이 떠올라.

로봇 고양이들을 처리하느라 잠시 진군을 멈췄던 티무르의 군단이 다시 한 덩어리가 되어 거침없이 진격해 온다.

예상은 했지만 이 정도 대군인 줄은 몰랐어.

적군이 첫 번째 외호(外濠) 앞에서 멈춰 선다.

우리는 이번 작전을 위해 바벨 바이러스 외에도 몇 겹의 방어 체계를 구축해 놓았다.

그 첫 번째가 휘발유를 가득 채운 외호이고, 두 번째는 전기 철조망이다.

갑자기 적병들 사이에서 덩치 큰 쥐 한 마리가 앞으로 걸어 나온다. 입에 작은 물건을 하나 물고 있다.

그가 휘발유 속을 헤엄쳐 외호를 건너오더니 전기 철조망 앞에 물건을 내려놓는다.

영상 촬영용 카메라로 쥐의 움직임을 관찰하던 우리는 그것을 확대해 흰색과 빨간색 천으로 만들어진 자루임을 확인한다.

「조심해요, 화약일지도 몰라요!」 나는 다급히 소리친다.

다행히 불붙은 화약심지는 보이지 않는다.

나는 몇 마리 남지 않은 카츠 로봇 중 하나에게 자루를 가져오게 시킨다. 로봇 고양이는 방탄 처리가 된 고양이 출입문을 빠져나가, 전기 철조망에 설치된 자동 개폐식 고양이 출입문을 지나 자루 앞에 도착한다. 카츠가 갔던 길을 되돌아와 우리 앞에 자루를 내려놓는다.

그랜트 장군이 조심스럽게 다가가 매듭을 풀고 안을 들여다보더니 흠칫 뒤로 물러난다.

나는 호기심에 다가가 자루 속을 들여다본다.

정수리에 붙은 제3의 눈만 봐도 누군지 알 수 있는 쥐의 잘린 머리가 보인다.

폴!

티무르가 잔인하기로 악명 높았던 동명의 인간처럼 끔찍한 방법으로 그를 참수해 우리한테 보낸 것이다.

「놈들이 심리전을 펼치려는 거로군.」 그랜트 장군이 군사 전문가다운 소리를 한다.

나도 덧붙인다. 「지금부터는 정보원 없이 싸워야 하네요.」

우리가 이까짓 일로 겁먹지 않았다는 걸 적에게 보여 줄 필요가 있어.

나는 하늘이 떠나가라 야옹 하고 외친다. 그러자 고양이 8천 마리와 개 5천 마리와 인간 4만 1천 명이 각자의 소리로, 하지만 음을 맞춰 함성을 내지른다.

적진에서 즉각 화답이 온다. 3천만 대군의 찢어질 듯한 휘파람 소리. 쥐들의 울음소리가 하늘을 뒤덮는다.

나는 적진을 비춘 화면에서 상공에 떠 있는 점 하나를 발견하고 로망에게 확대해 보여 달라고 부탁한다. 〈놈〉이다.

티무르가 내 드론을 타고 병사들 위를 맴돌며 공격을 지휘하고 있다.

이상하리만치 사방이 고요해지더니 갑자기 날카로운

쥐 울음소리가 들린다. 드론에 탄 티무르가 공격 개시 신호를 보낸다. 거대 쥐 군단이 우리를 향해 물밀듯이 밀려온다.

죽느냐, 사느냐, 그것이 문제로다.

쥐들이 외호에 접근해 휘발유 속으로 뛰어드는 순간 내가 소리친다.

「공격!」

마크 레이버트가 스마트폰을 터치해 폭발을 일으키자 외호가 불구덩이로 변한다.

적의 1진이 불길 속으로 사라진다.

티무르는 저걸 알면서도 공격을 감행했을 거야.

그가 무모하게 내린 결정이 아니라는 걸 안다. 병사들이 몸으로 불을 덮어 끄게 만들 작전이었던 거야. 그 정도 병력 손실은 아무것도 아니라는 뜻이지.

벌써 적의 2진이 외호로 돌진해 불의 장벽을 넘기 시작한다.

예상대로 불의 장벽만으로는 역부족이야…….

적군이 철조망 앞에 당도하더니 이내 발톱을 걸어 기어오르기 시작한다. 쥐들이 뾰족한 철사 사이에 끼어 꼼짝 못 하는 걸 보고 내가 다시 명령을 내린다.

「공격!」

전기가 흐르자 철조망에 매달려 있던 쥐들이 새까맣게 타버린다. 철조망에 근접해 있던 쥐들까지 강한 전류에 몸이 튕겨 나가고 만다.

내 계획대로라면 적들이 이쯤에서 공격을 멈춰 우리에게 시간을 벌어 주어야 한다.

변이 바이러스가 퍼지려면 시간이 필요하기 때문에 나는 적이 포위전을 펼치도록 유도할 생각이었다. 전면전에 돌입할 경우 아군의 방어 체계가 순식간에 무너질 게 뻔했으니까.

우리는 여러 개의 스크린으로 긴장감 속에 전황을 살핀다.

어떻게든 시간을 끌며 버텨야 해.

넓게 공격진을 형성해 접근해 오던 적들이 작전을 바꾼 눈치다. 적의 3진이 전기 철조망 앞에 도착하더니 장벽의 한 지점만을 집중적으로 공략하기 시작한다.

감전의 위험을 알면서도 적들은 개의치 않는다. 그 자체가 작전의 일환이기 때문이다.

놈들은 이번에도 동족들의 시체를 쌓아 다리를 만들려는 계획이다.

고압 전류가 흘러 대부분이 감전되는 순간 타버리거나 쇼크로 몸이 튕겨 나간다.

하지만 이런 식으로 공격해 오면 절대 우리 방어 체계가 오래 버티지 못할 것이다.

내가 가장 염려했던 일이 벌어진다. 적들이 집중 공략한 곳이 사체로 까맣게 뒤덮이자 전기 철조망의 효과가 줄어들기 시작한 것이다.

작전이 먹힌다는 확신이 들었는지 적군이 목표 지점에 대한 공략을 끈질기게 계속한다.

쥐들이 저길 통해 철조망을 넘어 들어오면 우리 방어 체계는 단숨에 무너지고 만다.

밀어 넘어뜨릴 기세로 쥐들이 철조망의 한곳에만 달려든다.

나도 모르게 입에서 기도가 흘러나온다.

우주여, 절 도와주소서. 쥐들이 이 세계를 지배하길 원하신다면 그냥 지켜보시고, 그렇지 않다면 도와주소서. 시간이 없습니다.

우주는 인간 집사들보다도 행동이 굼뜨다. 여러 번 기도를 보내고 나서야 겨우 하늘이 번쩍하더니 줄이 하나 그어진다.

늦은 감은 있지만 그래도 감사드립니다.

소나기가 쏟아지기 시작한다. 빗물이 전기 철조망의 전도성을 높여 주니 우리로선 천군만마를 얻은 셈이다.

맨해튼에서 출발해 강행군으로 보스턴에 도착한 다음 곧바로 전투를 개시한 적군은 기진맥진한 상태에서도 무서운 투지로 사체를 쌓아 결국 다리를 놓는다. 적의 한 무리가 철조망 장벽을 넘어 유리 방벽 앞에까지 이르자 아군의 기관총과 화염 방사기가 불을 뿜어 사격 범위에 들어온 놈들을 쓸어버린다.

적은 마치 갈색 용암이 흘러오듯 우리 요새로 육박해 온다.

쥐들이 아군의 마지막 방어선인 유리의 장벽에 당도한다. 유리 벽을 기어오르려 하지만 발톱을 걸지 못해 미끄러져 내려가고 만다. 비까지 내리니 벽 표면이 빙판처럼 미끄럽다.

하지만 쥐들은 포기를 모른다.

적은 탑처럼 쌓인 동족의 사체를 밟고 방벽 위로 몸을 끌어 올리는 데 성공한다.

방벽 위에서 대기하던 인간들이 낫을 휘두르며 제지하지만 수천 마리가 단숨에 방벽을 넘는다. 요새 안 인간들이 기관총과 소총, 심지어는 단도를 들고 방벽을 내려오는 쥐들을 막아 내려고 안간힘을 쓴다. 곳곳에서 육탄전이 벌어진다. 고양이들과 개들도 힘을 보태지만 사망자가 나오기 시작한다.

티무르의 군대가 아군의 방어 체계를 간단히 무력화
시키며 요새 안으로 밀려든다.

이때, 갑자기 비에 우박이 섞여 떨어지기 시작한다. 알
밤같이 굵고 단단한 우박이 투두둑투두둑 쏟아져 내
린다.

우리는 하늘에 띄웠던 드론들을 급히 안으로 불러들
인다. 이제 요새 밖에서 무슨 일이 벌어지는지 알 길이
없다.

날씨 때문인지 유리 방벽 앞에 당도해 있는 선발대를
지원하러 적군 응원 부대가 도착하지 않는다.

투명 방벽을 넘어오는 쥐들의 숫자가 줄어들면서 전
투는 소강상태로 접어든다. 하늘은 여전히 우박을 퍼붓
고 있다.

침입자들이 하늘에서 쏟아지는 기관총 세례를 받는
동안 우리는 회의장 안으로 몸을 피한다. 우박이 유리를
때리는 소리가 안도감을 준다. 더 이상 방벽을 넘어오는
쥐들의 모습은 보이지 않는다.

내일 아침 공격을 재개하기 위해 쥐들도 어딘가로 몸
을 피해 쉬고 있겠지.

잠깐 생긴 휴지기 동안 나는 회의장 구석으로 가 잠을
청한다. 내일을 위해 에너지를 비축하지 않으면 안 된다.

60

알라모 요새의 전투

알라모 요새는 고작 몇백 명 규모의 민병대와 천 명이 넘는 군대가 맞붙었던 격전지다.

1836년, 멕시코 땅이었던 텍사스에 흑인 노예를 거느린 미국 이주민들이 정착하고 있었다.

숫자가 늘어나면서 세력도 커지자 미국 정착민들은 샘 휴스턴의 주도하에 멕시코 정부로부터 독립을 선언하기로 결심한다. (이때는 1861년 남북 전쟁이 발발하기 한참 전이었으나, 멕시코 정부는 노예제를 폐지하려고 했다.)

당시 멕시코 대통령은 자신을 〈신세계의 나폴레옹〉으로 여기는 안토니오 로페스 데 산타 안나였다. 그는 미국 분리주의자들을 진압하기 위해 즉각 병력을 소집했다.

미국 정착민 제임스 보위와 윌리엄 트래비스는 적의

진군을 막기 위해 현재의 샌안토니오에 위치한, 알라모 요새라고도 불리던 전도소를 진지로 삼고 요새화에 들어간다. 이들은 유명한 모피 사냥꾼인 데비 크로켓의 도움을 받아 180여 명으로 민병대를 조직해 멕시코군과의 결전을 준비한다.

1836년 2월 23일에 시작된 멕시코군의 알라모 요새 포위는 3월 6일까지 이어졌다. 미국 민병대는 첫 두 번의 공격은 성공적으로 막아 냈다.

하지만 세 번째 공격에서는 멕시코군이 담을 넘어 들어오는 바람에 요새 안의 한 건물로 몸을 피해야 했다.

3월 5일 밤, 멕시코군은 민병대가 곯아떨어진 틈을 타 그들의 은신처를 기습 공격했다. 뒤늦게 잠에서 깬 민병대는 3월 6일 아침까지 결사 항전했지만 전원 목숨을 잃었다.

하지만 이들의 희생은 산타 안나의 진군을 늦추는 역할을 했다.

알라모 요새 전투를 마친 멕시코 군대는 북쪽으로 다시 진군을 시작했다. 하지만 텍사스는 이미 포위가 한창이던 3월 2일 독립을 선포하고 샘 휴스턴을 대통령으로 추대한 뒤였다.

진격을 계속하던 산타 안나는 며칠 뒤 샌저신토에서

텍사스 군대의 기습 공격을 받는다. 텍사스군은 〈알라모의 복수〉를 외치며 멕시코군 6백 명을 죽이고 6백 명을 포로로 잡았다. 산타 안나 역시 붙잡혔다가 텍사스의 독립을 승인하고 나서야 겨우 풀려날 수 있었다.

『상대적이며 절대적인 지식의 백과사전』 제14권

61

아마겟돈: 대격전

환하게 동이 터온다. 우리는 여전히 티무르의 대군단과 대치 중이다.

적진 상공에 드론을 띄워 확인해 본 결과 병력은 다소 줄었지만 간밤의 휴식 덕분인지 병사들이 사기충천해 있다.

놈들은 천하무적이야.

오늘 아침은 비가 그치고 하늘에서 우박도 떨어지지 않는다.

드론에 장착된 마이크들이 적진에서 들리는 재채기와 기침 소리를 간간이 포착해 들려준다. 〈내가 발명한〉 바벨 바이러스가 효과를 발휘하기 시작한 걸까. 아니면 어젯밤 비가 내리고 기온이 떨어진 탓일까.

날카로운 휘파람 소리와 함께 다시 쥐 떼의 물결이 밀

려온다.

놈들은 대군을 투입해 어제와 똑같이 아군의 방어선을 무력화시킨다. 외호를 건너온 쥐들은 기관총 세례를 받고도 일부가 아군의 유리 방벽 앞에 당도한다.

우리는 투명 방벽을 통해 쥐들이 사체로 산을 쌓고 올라오는 모습을 지켜본다. 놈들은 어제만큼 사기가 높아 보이지는 않는다. 게다가 방벽 꼭대기에 도달하는 즉시 무기를 들고 기다리던 아군의 손에 목이 달아난다.

방벽을 내려와 요새로 진입하는 데 성공한 소수의 쥐도 아무거나 집어 들고 휘둘러 대는 인간들에게 저지당한다. 하지만 한 놈이 죽으면 금세 몇 놈이 더 나타난다.

격전이 계속된다.

나탈리는 제법 능숙한 솜씨로 자동 소총을 다룬다. 로망은 권총을 들고 서 있다. 힐러리 클린턴은 자신의 덩치만 한 바주카포를 껴안다시피 하고 앉아 적을 원거리에서 공격한다. 휠체어에 탄 마크 레이버트가 그녀에게 계속 로켓탄을 건네준다. 그랜트 장군은 입에 파이프를 문채 수시로 욕을 해대며 화염 방사기를 쏘고 있다.

고양이들과 개들도 한몫 단단히 하고 있다.

당연히 안젤로는 최전선에서 싸운다.

이제 나도 슬슬 나가 봐야겠다.

내가 전쟁이 싫은 건 도덕적인 이유(상대가 누구든 다른 존재의 생명 에너지를 중단시키는 짓은 하고 싶지 않다는 이유)도 있지만 물리적인 이유도 있다.

살생은 에너지 소모가 너무 많으니까.

고양이 병사들이 발톱과 이빨에다 분노까지 무기 삼아 적에 맞서고 있다.

적군은 쉴 새 없이 병력을 추가로 투입해 방벽을 넘게 한다.

나는 최전선에 나가 있는 아들의 안전을 확인하러 간다. 안젤로는 혼자서도 잘 싸우고 있다. 벌써 자신만의 공격 패턴이 생긴 듯하다. 오른발 펀치, 왼발 펀치, 이빨 공격, 다음 상대.

나는 그때그때 상황에 맞게 다양한 공격 기술을 시도한다.

솔직히 내가 지금 하고 싶은 건 전투가 아니라 털 고르기야. 털에 피가 묻은 상태로 어떻게 전투에 집중할 수가 있겠어? 나한테 청결 강박증이 있는 거 너희도 알잖아.

전투 얘기가 나온 김에 하나 가르쳐 줄게. 어떻게 하면 전투에서 살아남을 수 있는지 알아? 너무 자신을 상황에 투사하면 안 돼. 감정을 개입시키지 말라는 뜻이야.

두려움이나 분노는 전혀 도움이 안 돼. 내가 하는 행동은 내 감정과는 아무 상관이 없다, 나는 그저 살기 위해 죽일 뿐이다, 이런 마음가짐으로 전투에 임해야 해.

이 전투가 어떤 결말을 보게 될지 모르겠다. 솔직히 희망이 보이지 않는다.

다 포기하고 싶은 마음이 드는 순간, 쥐 두 마리가 옆에서 이빨을 드러내며 싸우는 모습이 눈에 들어온다.

쥐들끼리 싸우고 있어. 우연인가? 아니면 바벨 바이러스 증상인가?

처음에는 몇 놈이 치고받고 싸우더니 금세 숫자가 불어난다.

놈들의 공세도 주춤해지는 느낌이 든다.

쥐들이 이빨을 드러내고 꼬리를 휘두르며 뒤엉켜 싸우기 시작한다.

나한테 달려드는 쥐들을 다른 쥐들이 나타나 공격한다.

유리 방벽 주변은 아수라장으로 변했다. 쥐가 인간과 고양이를 공격하는가 하면 자기들끼리 물어뜯으며 싸우기도 한다.

나는 전황이 궁금해 공장 지붕으로 올라가 밑을 내려다본다.

ESRAE에서 읽은 그 유명한 마리냐노 전투 이야기가

생각난다. 1515년, 프랑스 군대는 눈밭에서 스위스 용병 부대를 상대로 야간 전투를 벌여야 했다. 시야가 나빠 바로 코앞도 분간하기 힘든 상황이었다. 병사들은 상대가 누군지도 모르고 무기를 휘두르다 같은 아군 병사를 죽이는 실수를 수없이 저질렀다. 악천후와 소통 부족이 빚은 참사였다.

다음 날 아침, 베네치아 응원군이 당도한 덕분에 프랑스 군대는 전쟁에서 이길 수 있었다.

인간 역사에 대한 지식은 내겐 아이디어의 보고야.

지금 눈앞에서 펼쳐지는 혼돈은 히에로니무스 보스의 그림 한 점을 떠올리게 한다. 그가 그린 세 폭 화 중 맨 마지막, 지옥.

여기가 바로 그 지옥이다. 쥐들이 바로 악마이고.

나는 피와 폭력과 비명의 지옥에서 벗어나기 위해 음악을 튼다. 마리아 칼라스가 지닌 구원의 음성이 간절해지는 순간.

구노의 「아베 마리아」.

지금 내가 서 있는 곳은 아비규환의 지옥이다. 다름이 충돌하는 혼돈의 세계다. 공포에 사로잡힌 존재들이 살아남기 위해 상대를 짓밟고 파괴하는 세계다.

이런 폭력과 광기는 내게 우정과 안식과 평화를 갈구

하게 만든다.

지옥이 천국을 염원하게 하듯이.

어둠이 빛을 염원하게 하듯이.

하늘 높이 떠 있는 물체 하나가 보인다. 티무르의 드론.

그런데 땅에 있던 쥐들이 공중으로 몸을 솟구쳐 황제가 탄 드론을 공격한다.

제후 쥐들이 티무르를 왕좌에서 끌어내리려는 모양이야.

나는 황급히 지붕을 내려가 로망에게 달려간다.

「나한테 드론을 한 대 내줄 수 있어요?」

「남은 드론이 한 대도 없어. 네가 정 필요하다면 있는 재료들을 가지고 급히 한 대 만들어 볼 순 있는데, 지금 상황이 상황인지라…….」

「그 드론이 이 전투의 비밀 병기가 될 수도 있어요. 내가 드론을 타고 가서 티무르를 처치하고 올 생각이거든요.」

로망은 어수선한 상황에 나탈리를 혼자 두고 싶지 않은 눈치다. 하지만 내 직감이 때때로 적중한다는 걸 알기 때문에 부탁을 거절하지 못하고 공장 작업장으로 발걸음을 옮긴다.

밖에서 비명과 총소리가 끊이지 않는 가운데 그가 드론 제작에 필요한 재료를 고른다.

「바깥 사정은 신경 쓰지 말아요. 당신은 내가 준 임무에만 집중해요.」

로망이 정신력을 집중해 드론을 만들기 시작한다. 부품을 조립하고 컴퓨터를 이용해 회로 기판을 완성한다.

「다 됐어.」

그가 급조한 드론 한 대를 내 앞에 내민다.

로망이 내 몸을 하네스로 드론에 고정한 다음 엔진을 작동시키자 네잎클로버 모양의 프로펠러가 바람을 일으키며 돌기 시작한다.

이제 대등하게 겨뤄 보자, 티무르.

나는 숨을 들이마시고 나서 내 정신을 조종간에 접속시킨 후 드론을 움직인다. 드론이 공중으로 날아오른다.

비가 그치고 맑게 갠 하늘에 내가 쥐 황제에게 선물한 흰색 드론이 떠 있는 게 보인다. 나는 엔진의 출력을 높여 그를 향해 빠른 속도로 날아간다. 그런데 나와 눈이 마주치는 순간 티무르가 달아나기 시작한다. 날 피해 도망치는 이유가 뭘까?

놈은 내가 두려운 거야!

그가 탄 드론이 남쪽을 향해 날기 시작한다. 나는 그를 바짝 뒤쫓는다. 내 드론이 출력은 훨씬 좋지만, 놈이 나보다 몸이 가벼워 따라잡기가 쉽지 않다. 우리는 전장을 뒤로한 채 쫓고 쫓기는 추격전을 펼치며 남쪽으로 날아간다.

62

황제 마르쿠스 아우렐리우스

마르쿠스 아우렐리우스는 로마 황제 중 유일무이한 철학자였다.

121년 로마에서 태어난 그는 마흔 살에 최고 권력을 손에 쥐었다. 유능한 정치인에 뛰어난 전략가였던 그는 작가이자 현자이기도 했다. 로마 제국은 그의 통치하에 번영의 절정기를 누려, 북쪽으로는 잉글랜드, 남쪽으로는 이집트, 서쪽으로는 스페인, 동쪽으로는 현재의 이란 땅까지 영토를 넓혔다.

그는 즉위 직후 서쪽을 침공한 파르티아 군대와 싸우기 위해 원정을 떠났다. 전쟁을 승리로 이끌고 귀환한 뒤에는 바로 로마에 퍼진 페스트, 테베레강의 범람 그리고 지진을 처리해야 했다.

얼마 후 게르만족이 로마 제국 북쪽을 침공해 왔다. 그는 또다시 전쟁터로 나가 5년을 머물렀다. 아우렐리우스는 생의 가장 중요한 시기를 전쟁터에서 로마 제국을 지키면서 보냈다.

그는 수없이 많은 명언을 남겼는데, 그중 유명한 몇 가지를 소개하면 다음과 같다.

〈바꿀 수 없는 것은 견딜 힘을, 바꿀 수 있는 것은 바꿀 용기를 제게 주십시오. 무엇보다 이 둘을 구별할 수 있는 지혜를 주십시오.〉

〈하루하루를 마지막 날로 여기고 살아라. 이것이 바로 가장 완벽한 가르침이다.〉

〈적에게 하는 최고의 복수는 그를 닮지 않는 것이다.〉

〈평범한 인간은 남에게 까다롭지만 특별한 인간은 자기 자신에게 까다롭다.〉

〈당신은 언제든지 당신 자신에게로 도피할 수 있다. 인간이 자기 자신의 영혼 속에서 찾는 도피처만큼 조용하고 아늑한 곳은 없다.〉

아우렐리우스가 살아생전에 자신의 후계자로 인정했던 아들 콤모두스는 사치와 방탕을 일삼고 검투 경기를 즐긴 로마 제국 최악의 황제 중 한 사람이었다.

『상대적이며 절대적인 지식의 백과사전』 제14권

63

드론과 발톱과 이빨을 위한 교향곡

나는 빨리 결판이 나지 않는 추격전을 끔찍이 싫어한다.

지금이 딱 그런 경우다. 태양 전지로 작동하는 드론 두 대가 해가 쨍한 하늘을 날고 있으니 말해 무엇할까. 내 드론이 최고 시속으로 티무르의 드론을 추격하지만 따라잡기에는 역부족이다.

한 번은 살려 줬지만 두 번은 살려 주지 않겠어.

나는 절대 포기할 생각이 없다.

한 시간쯤 흘렀을까. 티무르의 드론은 계속 남쪽 하늘을 향해 날아간다.

설마, 뉴욕으로 가려는 건 아니겠지?

드론 두 대는 보스턴과 뉴욕 사이의 3백 킬로미터 거리를 두 시간 만에 주파한다. 맨해튼의 고층 빌딩들이 하나둘 눈앞에 나타난다.

놈은 날 뉴욕으로 유인할 생각이었어. 대체 의도가 뭘까?

티무르가 탄 드론이 생명의 기운이 사라진 뉴욕의 텅 빈 대로들 위를 초저공 비행으로 날기 시작한다.

그가 땅을 스칠 듯이 곡예비행을 펼친다.

마침내 그가 착륙한 곳은 뉴욕 심장부에 있는 넓은 잔디밭이다.

센트럴 파크.

잔디밭에 처박혀 있는 핵미사일이 보인다.

놈이 노린 게 이거였구나. 언제 터질지 모르는 핵폭탄 옆에서 불장난을 하려는 거야.

내가 폭발을 막아 놓았지만 혹시라도 폭발이 일어날지 모른다 생각하니 간담이 서늘하다.

나는 그의 드론 바로 옆에 착륙을 시도한다.

티무르가 발톱을 걸어 미사일 몸통을 순식간에 기어 오르더니 위에서 나를 내려다본다. 나는 단숨에 따라 올라가 그와 마주 보고 선다.

언제 터질지 모르는 핵미사일 위에서 한판 붙다니!

두려움은 떨쳐 버리고 오직 내 앞발 펀치의 각도와 예고 없이 날아올 놈의 꼬리 공격에만 집중하려고 애쓴다.

드디어 놈과 최후의 일전을 벌일 시간이 왔다. 놈의 기민한 움직임에 속수무책으로 당했던 지난번 결투의 기억을 떠올린다.

이번엔 내가 놈을 제압할 수 있을까?

티무르가 꼬리를 한 번 빙글 돌린다.

나는 털을 한껏 부풀려 위협적인 자세를 취하고 놈의 이빨과 채찍 공격을 피하기 위해 귀를 뒤로 접는다.

놈이 송곳 같은 앞니를 드러낸다.

나는 발톱을 꺼내 들고 놈을 노려본다.

천천히 그를 향해 다가간다.

티무르가 거친 숨을 내쉬며 앙칼진 휘파람 소리를 낸다.

나도 어깨를 들썩이며 숨을 씨근거린다.

놈의 작은 동작 하나도 놓치면 안 돼.

나는 놈의 앞으로 바짝 다가선다. 놈이 보스턴에서 나와 눈이 마주쳤을 때 달아났던 건 나에 대한 공포 때문이었다고 생각하며 자신에게 용기를 불어넣는다.

그게 아니라면 계속된 전투로 인한 피로감 때문이었을까.

혹시 바벨 바이러스에 감염된 제후 쥐의 공격에 부상을 입었던 걸까.

「티무르! 넌 이제 끝났어.」

티무르는 내 도발에 조금도 흐트러지지 않는다.

우리 둘의 제3의 눈이 무선 연결된 상태니 내 말을 듣지 못했을 리가 없는데 왜 대답하지 않는 걸까.

「티무르! 어서 항복해!」

그는 여전히 무응답이다. 대체 무슨 꿍꿍이가 있는 걸까.

나는 그의 공격 방향과 동작을 예상하기 위해 그의 정신을 읽으려고 애쓴다.

분노와 혼란스러움이 감지된다. 좋았어, 이건 나한테는 유리한 신호야.

촉각을 곤두세우고 한 걸음 더 다가선다.

넌 죽은 목숨이야.

벼락같이 공중으로 몸을 솟구치며 발톱을 꺼낸 앞발을 휘두른다. 하지만 놈의 몸에 발톱을 박아 넣는 데는 실패한다.

재빨리 다른 쪽 발을 뻗어 보지만 놈은 귀신같이 몸을 피한다.

내가 잠시 숨을 고르는 사이 놈이 꼬리로 내 민감한 콧잔등을 정통으로 후려친다.

눈에서 불이 번쩍 난다.

놈의 가늘고 긴 분홍색 꼬리가 내 눈과 귀에 이어 코를 집중적으로 타격한다. 나는 비명을 내지르며 미사일에서 굴러떨어진다.

내가 미처 몸을 일으키기도 전에 놈이 뛰어 내려와 꼬리를 휘둘러 대기 시작한다. 반사적으로 어퍼컷을 날려 보지만 한 번도 그의 몸에 닿지 못한다.

놈은 항상 나보다 한 템포 빨라.

지난번 결투와 마찬가지야. 강력하고 민첩하고 정확한 놈의 공격을 도저히 당해 낼 재간이 없어.

뉴욕에서 보스턴까지 강행군을 하고 우리와 격전을 치렀는데도 놈은 조금도 지친 기색이 없다.

그런데 왜 도망쳤을까?

아, 이제야 알겠어.

놈은 불발한 미사일이 박혀 있는 곳으로 날 데려오려 했던 거야. 내가 자기를 배신한 증거를 보여 주려고 했던 거야.

나는 얼른 드론에 올라타 도망치기 시작한다. 오직 살아야겠다는 생각밖에 없다.

이번엔 그가 나를 뒤쫓아 날아온다.

나는 정신없이 맨해튼의 하늘을 질주한다. 고층 빌딩 사이를 지그재그로 날며 탈출구를 찾는다. 하지만 내 드론 앞을 어김없이 그의 드론이 막아선다.

이제 탈출구는 남쪽뿐이다.

멀리, 그의 황궁이자 은신처인 자유의 여신상이 보인다.

놈이 노린 게 바로 이거였어. 의도적으로 날 여기로 유인한 거야.

리버티섬 상공에 이르자 그가 속도를 높여 접근해 오더니 내 드론을 옆구리에서 세게 들이받는다. 나는 자유의 여신상 받침대 앞 광장에 떨어진다. 윙윙거리던 드론 엔진이 갑자기 꺼지는 걸 보니 고장이 난 게 분명하다. 그가 바로 옆에 자신의 드론을 착륙시킨다.

여기서 나를 죽이려는 게 애초부터 놈의 계획이었어. 자기 두상이 붙은 거대한 조각상 밑에서 내 숨통을 끊어 놓는 게.

그가 나를 향해 천천히 걸어온다.

마침내 말문을 연다.

「그토록 인간들의 편을 드는 이유가 뭐지? 넌 아직 그 이유를 말해 주지 않았어, 바스테트.」

나는 조금 떨리지만 힘 있는 목소리로 대답한다.

「인간들한테서 존경할 만한 구석을 하나 찾아냈어.」

「그게 뭐지?」

「무지.」

「무슨 소릴 하는 거야?」

「인간들은 스스로 무지함을 자각하고 보완할 방법을 찾기 위해 노력하는 유일한 동물이야. 그게 바로 인간들의 강점이지. 반면 다른 동물들은 그렇지 않아. 생존에 필요한 건 이미 다 알고 있다고 자신하지. 무지에 대한 인간들의 인식은 다른 동물 종에게 주는 선물이라고 난 생각해. 우리도 인간들처럼 배움을 통해 무지를 보완하려고 노력할 필요가 있어.」

티무르가 내 논리에 당혹스러워하는 걸 감지하는 순간 나는 쐐기를 박듯 말끝을 단다.

「나는 제3의 눈을 통해 지식을 접하고 나서야 내가 얼마나 무지한지 깨달았어. 인간들이 없었다면 난 배움의 욕구 같은 건 가져 보지도 못한 채 고양이의 삶에 자족하며 살았을 거야.」

「넌 인간들처럼 될 수 없어, 바스테트.」

「누구도 완벽하진 않아.」

「바스테트! 난 널 믿었어. 네가 내 역사를 기록하고 내 전기를 써주길 바랐는데, 넌 날 실망시켰어.」

그가 바짝 다가든다.

「바스테트, 넌 약속을 어기고 날 배신했어. 네가 그토록 사랑하는 인간들을 위해 네가 대신 죽어 줄 시간이야.」

티무르가 득달같이 내게 달려든다. 육탄전이 벌어진다. 내가 잽싸게 발톱을 꺼낸 앞발을 휘둘러 놈의 코를 가격하지만 뺨에 줄만 하나 그어 놓고 끝난다. 그사이 티무르는 슬쩍 옆으로 빠져 지난번 결투 때처럼 뒤쪽에서 앞발로 나를 꼼짝 못 하게 붙잡은 상태에서 측면 이빨 공격을 가한다. 놈의 앞니가 내 급소인 경동맥에 와서 박힌다. 그가 서서히 턱에 힘을 가하기 시작하자 핏방울이 바닥으로 떨어진다.

놈은 승리의 순간을 만끽하고 싶어서 일부러 서두르지 않는 거야. 이젠 정말 끝이야. 나한테 남은 건 죽음뿐이야. 오래 살아 경륜과 지혜를 갖춘 고양이로 늙어 갈 수 있었다면 좋았을걸. 하지만 목숨은 하늘에 달린 걸 어떡해. 이게 내 마지막이야. 앞으로 늙어 갈 일은 없을 테니 지나간 시간들에 만족하는 수밖에.

나는 모든 걸 체념하고 눈을 감는다. 내 짧았던 삶이 주마등처럼 눈앞을 스쳐 지나간다.

그런데 갑자기 목에 가해지던 압력이 사라진다.

나는 이 구원의 정체를 확인하려고 눈을 크게 뜬다.

믿을 수 없는 일이 눈앞에서 벌어지고 있다.

64
고양이의 나이

고양이는 새끼 때와 말년에 빠르게 노화가 진행되고 그사이에는 큰 변화가 없다.

출생 후 6개월이 지나면 고양이는 18세 인간에 해당하는 능력을 지닌다. 일종의 성년기에 접어드는 시기다.

두 살이 되면 이미 일생 중 신체적으로 가장 왕성한 시기다.

열 살에 이르면 70세 노인과 같아진다. 이때부터 급속도로 노화가 진행되기 시작한다.

스무 살짜리 고양이는 1백 세 노인과 다를 바 없다.

고양이의 평균 수명은 13년이다. 품종묘는 상대적으로 병에 걸리기 쉽고 길고양이는 사고의 위험성이 높다.

실내에서 사는 중성화된 비품종묘의 평균 수명이 가장 길다.

기네스북에 등재된 최장수 고양이는 미국에 살았던 크림 퍼프라는 이름의 암고양이다. 이 고양이는 1967년 8월 3일 미국 텍사스주 오스틴에서 태어나 같은 도시에서 2005년 8월 6일 생을 마감했다.

　정확히 38년 3일을 살았던 셈이다.

『상대적이며 절대적인 지식의 백과사전』 제14권

65

꿈에 그리던 그

이게 꿈이야 생시야?

어떻게 이런 일이 벌어질 수 있지?

현실과 꿈의 차이는 상상력에 있는데, 아이러니하게
도 현실이 더 상상력으로 넘쳐 난다고 엄마가 말했었지.
그 말이 무슨 말인가 했는데 이제야 알겠어.

나는 그에게서 눈을 떼지 못한다. 마치 꿈을 꾸는 기분
이다.

그가 맞아? 살아 있었어?

나는 달아나는 티무르에게 신경 쓸 겨를이 없다. 그는
뜻밖의 일격을 당했다 정신을 차린 후 고양이 둘을 한꺼
번에 상대하는 건 벅차다고 생각했는지 자신의 드론을
향해 달아난다.

놈이 스스로 패배를 인정하고 달아나는 거야.

나는 추격에 나서려다 망설인다.

상황이 역전돼 내가 놈보다 유리해졌다.

새빨간 눈을 가진 하얀 쥐가 드론을 이륙시키지 못해 낑낑대는 게 보인다.

마음만 먹으면 당장에 놈을 처치할 수 있다.

하지만 또 다른 생각이 내 몸을 바닥에 붙박아 놓는다.

다시 선택의 갈림길에 놓였어. 사랑을 좇을 것인가 두려움을 좇을 것인가.

백과사전에 이런 구절이 있었지. 〈진정한 전사는 친구들보다 적들에게 더 관심이 많다.〉

그런 게 전사라면 난 전사도 아니고 전사가 될 마음도 없어.

딜레마에 빠져 있던 나는 파괴자가 아닌 구원자가 있는 왼쪽으로 고개를 튼다. 오른쪽에서 프로펠러 소리가 요란하게 들린다. 티무르가 탄 드론에 시동이 걸렸다는 뜻이다. 비행체가 순식간에 하늘 높이 떠오른다. 프로펠러가 회전하는 소리가 점점 멀어져 간다.

나는 눈을 휘둥그렇게 뜨고 버벅댄다.

「너 맞아?」

「어서 놈을 잡아야지!」 피타고라스가 소리를 지른다. 「당장 드론을 타고 쫓아가.」

티무르는 더 이상 내 관심사가 아니야. 내 관심은 오직 너뿐이야. 이제 전쟁은 지긋지긋해.

피타고라스.

〈사랑하는 나의 피타고라스〉가, 살아 있었다니!

「놈이 도망치는 걸 보고만 있을 거야? 얼른 추격해!」

「됐어.」

「그럼 이 드론을 어떻게 작동시키는지 가르쳐 줘. 내가 쫓아가서 잡아 올게.」

「어차피 망가져서 날지도 못해. 게다가 티무르는 벌써 멀리 달아났고.」

「놈을 죽일 절호의 기회를 놓쳤어. 이렇게 되면 결국 놈과 언젠가 다시 만날 수밖에 없어!」

나는 그제야 고개를 오른쪽으로 돌려 사라져 가는 티무르의 뒷모습을 응시한다. 놈이 내가 바로 이 자리에서 준 드론을 타고 서쪽으로 날아간다.

나는 여전히 피타고라스의 존재가 믿기지 않는다.

입이 굳은 것처럼 말이 나오지 않는다.

나는 확신하기 위해 비명에 가까운 소리를 지른다.

「너야! 너였어! 네가 살아 있었어!」

작은 점으로 변해 멀어져 가는 티무르를 아쉬운 마음으로 바라보던 피타고라스가 그제야 고개를 돌려 나를 바라본다.

「바스테트.」그가 다정하게 내 이름을 부른다.

「피타고라스!」

나는 나탈리와 로망이 하는 식으로 두 앞발을 벌려 그를 품에 안는다.

그를 가슴에 꼭 껴안고 한참을 놓아주지 않는다.

피타고라스! 이 선물을 주신 우주여, 정말 감사합니다.

나는 팔을 풀고 뒤로 물러나 그를 뚫어지게 쳐다본다. 새파란 눈 주위에 나 있는 검은색 털, 은빛 몸통, 사랑스러운 귀, 샴고양이 특유의 살짝 모여 있는 눈. 어쩜 이렇게 멋질까.

「피타고라스…… 대체 어떻게……?」

나는 감격해서 한동안 말을 잇지 못한다.

그가 환한 표정으로 농담을 던진다.

「고양이는 아홉 번을 산다고 내가 너한테 말해 주지 않았어?」

그가 귀를 한번 세게 털고 나서 여신상 받침대 쪽으로 나를 이끈다. 우리는 햇빛을 받아 따끈따끈해진 돌 위에 앉아 뉴욕을 건너다본다. 텅 빈 뉴욕은 새들의 세상으로 변해 있다.

「집라인을 타고 올라가다 떨어졌을 때 다행히 아래가

바닷물이라 충격이 아주 크지는 않았어. 처음에는 막막했는데 해안으로 헤엄쳐 가다 보니 공포가 조금씩 사라졌어. 어떻게든 살아야겠다고 생각했지. 항구에 도착해 거기 세워져 있던 크레인 속으로 일단 몸을 피했어. 하지만 계속 있다 보면 쥐들에게 발각될 게 분명하니, 절대 발견되지 않을 안전한 곳이 어딘지 고민하기 시작했지.」

「그래서 비어 있는 건물을 찾아 들어갔어?」

「아니, 쥐들이 맨해튼 빌딩들을 이 잡듯이 뒤지고 다니는데 어떻게 그래. 그때 백과사전의 한 구절이 머리에 떠올랐어. 〈위험의 한가운데가 가장 안전한 곳이다.〉 나는 비가 내리는 밤을 택해 크레인을 빠져나와 이곳 리버티섬까지 헤엄쳐 왔어. 그때부터 자유의 여신상에서 살았지.」

「하지만 여기엔 쥐들의 본부가 있었잖아!」

「특이한 곳을 찾아냈지.」

「머리 부분?」

「맞아!」

「넌 고소 공포증이 있잖아!」

「바닥이 고정된 곳이면 크게 문제는 없어.」

「음식은 어떻게 해결했어?」

「비둘기도 잡아먹고 겁 없이 알을 낳으러 날아오는 참

새들도 잡아먹었어. 참새알이 여간 맛있는 게 아니더라. 여신상이 쓴 관에 뚫린 창문이 다 깨져 버리니까 새들이 그 안을 쉼터로 삼았어.」

「쥐들이 조각상 머리 부분을 폭파하고 그 자리에 티무르의 두상을 끼우러 올라갔을 때는 어떻게 했어?」

「놈들의 눈을 피해 더 높이 도망쳤어. 여신상의 횃불 끄트머리에서 쥐들이 내려갈 때까지 기다렸어.」

「그걸 까맣게 몰랐네! 그때 내가 바로 여기서 쥐들이 티무르의 두상을 끼우는 모습을 올려다보고 있었단 말이야.」

「나도 널 봤는데 신호를 보낼 방법이 없었어.」

「그다음엔 어떻게 됐어?」

「다음 날 거대한 행렬이 북쪽을 향해 떠나는 걸 멀리서 지켜봤지. 마음 같아선 따라나서고 싶었지만 너희를 만나기도 전에 쥐들한테 잡혀 죽을 게 뻔해서 참고 기다렸어. 그러던 어느 날 미사일 하나가 날아오더니 센트럴 파크에 꽂혔어. 그러자 갑자기 쥐 떼가 도시 밖으로 나가더니 너희하고 똑같이 북쪽으로 이동하기 시작했어.」

「미사일이 폭발할까 봐 그런 거야.」

내가 그의 궁금증을 풀어 준다.

「또다시 움직이고 싶은 마음이 들었지만, 그 많은 수

의 쥐를 나 혼자 감당할 자신이 없어 그냥 기다리기로 했지. 결국 폭탄의 존재가 나를 쥐들로부터 안전하게 지켜 준 셈이야. 죽는 날까지 여기서 혼자 살게 될 줄 알았는데 네가 갑자기 티무르와 드론을 타고 나타났어. 결투를 지켜보다 네가 위험한 것 같아 뛰어 내려왔던 거고.」

「네가 내 목숨을 구했어.」

우리는 가까이 다가서며 코끝을 마주 댄다. 그가 인간식 키스를 해온다. 아직도 살짝 어색한 느낌은 들지만 내가 인간화되어 가는 탓인지 큰 거부감은 없다. 도리어 묘한 흥분이 일면서 몸이 살짝 떨린다. 나는 피타고라스와 자유의 여신상 밑에서 오랫동안 입맞춤을 나눈다.

우리는 잠시 흥분을 가라앉히고 못다 한 이야기로 돌아온다.

「티무르가 살아서 도망쳤으니 언젠가 다시 군대를 일으켜 돌아올 텐데, 어떡하지?」 피타고라스가 걱정스러운 표정을 짓는다.

「아니, 그러진 못할 거야. 그럴 수 없는 결정적인 이유가 있거든. 물론 그는 지금 아무것도 모르고 있겠지만.」

「그게 무슨 말이야, 바스테트?」

「내가 비밀 병기를 개발했거든.」

피타고라스가 눈썹을 찡그리며 고개를 갸웃한다.

「북쪽에서 무슨 일이 있었던 거야?」

「어쩌면 그쪽은 아직 전투 중인지도 모르겠어. 우리가 새로운 무기를 하나 개발했어. 바로 바이러스야. 이 바이러스에 감염된 쥐들은 서로가 하는 말을 이해하지 못해 소통에 문제가 생겨. 그러니 조직적으로 싸우는 것도 불가능하지. 당연히 전력에 치명적인 타격을 입을 거야.」

「티무르가 네 계략에 당했단 말이야?」

「내가 새로운 돌연변이 쥐를 탄생시켰다는 걸 그는 몰라. 앞으로 쥐들은 집단생활이 불가능하게 될 거야. 다른 쥐들이 왜 자기 말을 이해 못 하는지 궁금해하면서 각자도생하게 될 거야.」

「네가 새로운 전쟁의 기술을 발명했구나……」

「어쨌든 난 쥐들의 가장 강력한 무기인 단결력에 구멍을 냈어.」

내가 가장 아끼는 수컷이 나를 존경의 눈으로 쳐다본다. 이런 시선은 생전 처음이다.

이 순간을 얼마나 고대했던가.

그는 나한테서 거만한 암고양이가 아니라…… 비전을 가진 여왕의 모습을 발견한 거야.

「사, 사랑해.」 그가 말을 더듬거린다.

「그래, 알아, 나도 날 사랑하니까.」

그가 고개를 가로흔든다.

「그건 예전에도 했던 농담이잖아.」

「요새 이상하게 반복적인 유머에 재미가 붙네. 농담이라는 게 그래. 처음에 들으면 웃긴데 같은 농담을 자꾸 들으면 재미가 없어져. 하지만 수십 번을 들어 봐, 다시 재밌어진다니까. 바로 반복 효과 때문이야.」

「짜증스럽게 하는 건 여전하구나.」 말은 그렇게 하면서도 피타고라스가 사랑스러운 눈길로 나를 쳐다보고 있다. 「넌 뭐든지 네가 결론을 내려야 속이 시원하지. 잘된 건 모두 네 덕이라고 우기고 잘못된 건 무조건 남 탓을 해.」

「알아, 나도 그런 나 자신이 짜증스러울 때가 있으니까.」

「넌 과대망상증 환자야.」

「이기주의에 자기중심주의, 거만함에다 주인공 병까지…… 나도 알아, 에스메랄다가 내 특징이라면서 읊어 줬어. 아들인 안젤로조차 그런 엄마를 상대하기 버거워한다는 것도 알아.」

우리는 다시 다정하게 코끝을 마주 댄다.

「그래, 에스메랄다와 안젤로는 어떻게 지내?」

「에스메랄다는 내 목숨을 구하려다 저세상으로 갔어.

안젤로는 여전히 자신의 소명이라 여기는 살생에 바쁘지.」

그가 고개를 까딱한다. 더 이상 자세한 이야기는 듣고 싶지 않다는 뜻이다.

나는 그의 귀에 대고 속삭인다. 야옹.

「이제 너랑 나랑 단둘이서 긴장을 풀고 좋은 시간을 보내 볼까?」

「언제 폭발할지 모르는 핵미사일을 지척에 두고 말이야? 말해 놓고 보니 스릴이 느껴지네.」

나는 티무르가 쓰던 무선 동글을 바닥에서 주워 그에게 건넨다.

결투는 마무리 짓지 못했지만 이거 하난 건졌네.

피타고라스가 무선 송수신기를 받아 정수리의 USB 단자에 꽂는다.

그러고는 다가와 나를 꼭 껴안는다.

그와 나의 뇌가 연결됐다.

내 심장이 환한 빛을 발하는 것 같다. 박동이 빨라진다.

그와 나의 심장이 리듬을 맞춰 같은 박동으로 뛰기 시작한다.

나는 내 정신이 머리 한가운데 동그랗고 폭신폭신한 은빛 구름처럼 떠 있는 모습을 시각화한다.

이거야, 이게 바로 나야.

피타고라스 역시 은빛이 감도는 회색 구름을 시각화하고 있음이 감지된다.

저거야, 저게 바로 피타고라스야.

두 구름이 합쳐져 은빛으로 반짝이는 커다란 회색 구름 하나를 만든다.

나와 타자의 완벽한 융합의 순간.

이것이 〈완전한 소통〉인가?

심장 박동이 느려지면서 구름이 옆으로 퍼지더니 커다란 원반이 된다. 원반이 커지면 커질수록 우리를 둘러싼 공간이 생생히 지각된다.

그와 나의 정신이 하늘하늘하고 섬세한 테이블보처럼 넓게 펼쳐져 감응력 있는 막을 형성한다.

파동들이 하나의 물줄기를 형성해 멀리서 우리를 향해 모여들고 있다. 크기도 제각각 생김새도 제각각인 무수한 생명체가 몸을 떨고 숨을 쉬고 생각하고 각자의 언어로 말한다. 그 파동들이 우리를 진동하게 한다.

그와 나의 심장은 빛으로 하나가 되어 천천히 뛰고 있다. 심장에서 나오는 빛이 간간이 정신의 구름을 비춘다.

그와 나는 순간 일심(一心)에 도달한다.

우리에게 육체의 한계란 존재하지 않는다.

우리의 몸은 정신이 잠시 머물다 가는 껍데기에 불과하다.

한계를 모르는 우리의 정신은 융합이 가능하다.

정신끼리 만나 서로에게 녹아드는 순간 우리의 존재는 승화를 경험한다.

자기 자신을 완전히 지워 타자가 되고, 정신의 구름을 확장해 더 무수한 타자가 되고, 종국에는 세상 모든 존재가 되는 것. 이것이 바로 사랑이다.

자신의 동족들, 더불어 살아가는 모든 동물, 지구상에 존재하는 모든 생명체에 우리를 접속시키는 것, 이것이 바로 진정한 사랑이다.

지구에 살아 숨 쉬는 모든 존재와 정신의 접속을 이루는 것.

더 나아가 온 우주와 정신의 접속을 이루는 것.

그럼으로써 우리는 불멸에 도달한다. 더 이상 어떠한 껍데기에도 구속되지 않기에.

우리는 시공간에서 해방된다.

우리는 우주가 되고, 우주의 구성 요소가 된다.

그 순간 바스테트의 몸에 한정됐던 과거의 〈나〉는 이 에너지의 제한적이고 극미한 표현에 불과할 뿐이다.

이 무한한 빛의 극미한 표현으로서의 나.

66

이집트 여신 바스테트

이집트 신화 속 바스테트는 매우 특별한 여신이었다.

태양신 라의 딸인 그녀는 때로는 고양이로, 때로는 고양이의 머리가 달린 인간 여인의 모습으로 묘사되었다. 처음에 그녀는 한번 화를 내면 인간들을 벌벌 떨게 하는 불같은 성격의 소유자로 인식됐다. 하지만 시간이 흐르면서 음악과 춤을 즐기는 부드럽고 평화로운 이미지의 여신으로 여겨지게 되었다. 다산(多産)을 상징하는 여신이었던 바스테트는 출산하는 여성들을 지켜 주는 수호신이었다. 사람들은 자신을 감염병으로부터 지켜 달라고 바스테트 여신에게 기도를 올리기도 했다.

그녀를 묘사한 대부분의 저부조 작품에서 바스테트는 긴 드레스를 걸치고 암사자 머리가 그려진 반원 모양의 가슴 장식을 늘어뜨린 채 왼손에는 바구니를, 오른손에는 악기 시스트럼을 든 모습으로 형상화돼 있다. 기원전 3000년경에 시작된 바스테트 여신 숭배는 기원전 950년에 이르러 절정을 맞았다. 헤로도토스는 매년 나일강이 범람할 때 70만 명이 넘는 사람들이 그녀를 숭배하는 축제에 참가하기 위해 부바스티스(여기서 〈바스트〉는 바스테트를 의미한다) 신전으로 모여들었다고 기록하고 있다. 숭배자들은 살아 있는 고양이들, 그리고 방부 처리된 미라 고양이들과 섞여서 음악을 연주하고 술을 마시고 춤을 추고 마구잡이로 몸을 섞었다.

부바스티스 외에도 멤피스, 테베, 헬리오폴리스, 레온토폴리스에도 바스테트 여신에게 봉헌된 신전이 있었다. 임신을 원하는 여자들은 바스테트의 모습이 그려져 있거나 그녀에게 바치는 기도가 적힌 부적을 몸에 지니고 다녔다고 한다.

『상대적이며 절대적인 지식의 백과사전』제14권

67

폭풍이 지나간 자리

한 달이 지났다.

쥐들은 다시 모습을 나타내지 않고, 티무르의 소식도 들리지 않는다. 보스턴 다이내믹스 전투에서 살아남은 인간들과 고양이들은 뉴욕으로 돌아가 도시에 다시 활기를 불어넣었다. 센트럴 파크에 박혀 있던 미니트맨 미사일은 해체되어 멀리 떨어진 쓰레기 매립장으로 보내졌다.

모두가 옛 UN 건물에 모였다. 오늘은 총회 의장을 새로 선출하는 뜻깊은 날이다.

출사표를 던진 사람들은 다음과 같다.

1. 힐러리 클린턴은 여성의 목소리를 대변하겠다고 나섰다. 재임을 노리는 그녀는 여성들이야말로 세계 평화를 가져올 수 있으므로 보다 많은 권력을 가져야 한다고

주장했다. 그녀는 쥐 군단이 축출된 것이 자신의 임기 동안 일어난 일이라는 사실을 강조했다.

2. 그랜트 장군은 군인 부족을 대표해 후보로 나섰다. 그는 질서 유지와 안보가 국가 운영의 근간임을 강조하면서, 쥐들의 공격이나 외부 세력의 침략에 대비한 군비 증강의 필요성을 주장했다. 쥐들이 언제 다시 공격해 올지 모르는 상황에서 국방력을 강화해 전쟁에 대비하고 억지력을 갖춰야 한다고 목소리를 높였다. 장군은 보스턴 전투를 승리로 이끈 건 지휘관인 자신이었음을 강조했다.

3. 마크 레이버트는 로봇 공학자들의 목소리를 대변하기 위해 입후보했다. 그는 로봇 군대 창설에 적극적인 투자가 이루어져야 한다고 주장했다. 또한 전 세계 인터넷이 1백 퍼센트 복구된 상황에서 인간 공동체들 간의 소통을 강화할 것을 제안했다. 그는 로봇 제작에 필요한 원자재 보급로가 다시 확보되었으니 인간을 대신해 국가 안보를 책임져 줄 로봇의 대규모 생산에 즉각 돌입해야 한다고 주장했다. 그는 한층 업그레이드된 카츠 008 모델을 개발할 계획이라면서, 효율을 높이고 원가를 절감할 방안을 가지고 있다고 자신 있게 말했다.

4. 성질 급한 말은 이 대륙의 원주민들을 대표해서 나

왔다. 그는 저성장, 인구와 소비 감소를 대표 공약으로 내걸었다. 그는 지구상에 흩어져 있는 부족들 간의 연합체를 구성하자고 제안하면서, 인터넷을 통한 (다시 인터넷이 마비되면 봉화를 피워 올리는 방법으로) 부족들 간의 상시 소통 체계를 갖추겠다고 공약했다.

5. 이디스 골드스타인은 생물학자들의 목소리를 내기 위해 출마했다. 그녀는 크리스퍼 기술을 활용해 변화된 세계에 적응력을 갖춘 인간 종을 만들자고 제안했다. 그녀는 호모 사피엔스 모델은 시효가 다했다고 목청을 높였다. 대멸망은 보다 진화된, 새로운 인류의 탄생이 필요하다는 신호이므로 인간 종의 개량에 나설 것을 주장했다.

6. 로망 웰즈는 천문학자 그룹의 의견을 대신해서, 인류가 지구를 떠나 다른 행성에 정착할 것을 제안했다. 그는 1차적으로 달에 정착 기지를 건설해 인간의 모든 지식을 그곳의 컴퓨터에 안전하게 보관해 놓아야 한다고 주장했다. 그다음에는 화성과 목성으로 탐사를 확대하고 종국에는 태양계를 벗어나 다른 은하에서 지구와 비슷한 온대 기후를 가진 행성을 찾아내 인류의 정착 가능성을 시험해 보자고 제안했다.

7. 모르몬교의 요아힘 목사는 과거의 가치들로 돌아갈

것을 주장했다. 그는 쥐가 나타난 것은 술과 마약, 무분별한 성행위, 황금만능주의의 죄를 저지르며 타락한 인간들에게 신께서 내린 벌이라고 목소리를 높였다. 그는 첨단 기술 중독과 물질 숭배에서 벗어나 영적인 삶을 추구하자고 제안하면서, 농사를 짓고 기도를 올리는 삶으로 돌아가야 한다고 말했다.

나는 일곱 후보자의 공약이, 에드몽 웰즈가 백과사전에서 말한 인류 앞에 펼쳐질 가능성이 있는 미래의 일곱 가지 방향과 유사하다는 생각을 한다.

인간들의 상상력이 고작 이거야? 나는 갑자기 어떤 영감에 사로잡혀 나탈리에게 나를 어깨에 앉혀 연단으로 데려다 달라고 부탁한다.

예전과 달리 청중은 이제 내 말을 경청한다. 내가 어떤 위업을 이루었는지 알기 때문이다.

나는 힘 있는 목소리로 말문을 연다.

「암컷과 수컷 인간 여러분, 암고양이와 수고양이 여러분. 저는 고양이의 대표로서만이 아니라 비인간 생명체들의 대표로서, 나아가 지구의 수호자로서 총회 의장 선거에 입후보하려고 합니다. 여러분도 아시겠지만 우리가 지금 이 자리에 이렇게 모일 수 있는 것은 제가 큰 역할을 했기 때문입니다. 4만 명이 안전하게 뉴욕을 떠날 수 있게 적장과 탈출을 협상한 것도 저고, 바벨 바이러스의 아이디어를 낸 것도 저였습니다. 어디 이뿐인가요. 우리의 주적인 쥐 황제 티무르와 결투를 벌여 다시는 뉴욕에 발붙이지 못하게 만든 것도 접니다.」

나는 잠시 뜸을 들인다.

이쯤에서 박수가 터져 나와야 하는 거 아닌가? 실망스럽기 짝이 없네. 나는 한숨을 내쉰 다음 다시 말을 이어 간다.

「저는 앞으로 우리에게 어느 부족, 인간, 어떤 동물 종에 속한 존재가 아니라 〈지구라는 행성에 존재하는 생물계의 일원〉이라는 인식이 필요하다고 생각합니다. 여러분께서 저를 뽑아 주신다면 특정 종이 아니라 모든 종의 이익을 위해 노력할 것을 약속합니다. 누가 누구를 지배하지 않는 평화로운 세상을 만들고, 조화 속에서 우주적 접속을 경험하게 만들 것입니다. 다른 생명체에 고통을 가하면 반드시 부메랑으로 돌아온다는 점을 모두가 깨닫게 할 것입니다. 백과사전을 통해 저는 생명체 간의 상호 작용이 얼마나 중요한지 깨달았습니다. 닭을 대량 사육하는 양계장은 조류 독감의 온상이 되어 그 피해는 결국 인간에게 돌아오죠. 공장식 축산 방식으로 사육하는 소는 광우병에 걸릴 확률이 높고, 중국에서 이루어지는 박쥐와 천산갑, 뱀 같은 야생 동물의 도축과 거래는 코로나 바이러스를 발생시킬 수 있다는 것을 우리는 잘 알고 있어요. 단일 경작 중심의 농사 방식은 메뚜기 떼의 창궐을 불러오죠. 어류의 남획으로 바다에서는 해파리가 무서운 속도로 번식하고 있어요. 지나친 벌목은 공기 중 탄소의 비율을 증가시켜 기후 이변을 심화하고 과도한 석유 채굴은 지진 발생의 원인이 된다고 하죠. 이렇듯 모든 것은 상호 연결돼 있습니다. 우리가 하는 행동에는 반드시 결과가 따라오게 되어 있어요. 우리가 지금의 삶의 방식을 바꾸지 못하는 한, 쥐가 아니더라도 다른 동물이 분명히 우리를 공격해 올 것입니다. 바퀴벌레일 수도 있고 비둘기일 수도 있고, 심지어는 식물일 수도 있어요. 가령 가죽나무 말입니다. 이 식물은 무서운 번식력을 가졌죠.」

동요한 대표단이 웅성거린다. 보아하니 가죽나무가 뭔지도 모르는 것 같다.

청중 가운데서 손이 하나 쑥 올라온다.

「그래서 바스테트 당신은 구체적으로 무슨 제안을 하겠다는 거죠?」

「우선 저는 이 총회의 구성에 변화가 필요하다고 생각합니다. 저는 최초의 비인간 정치 지도자이고, 선구자죠. 여러분께서 저를 의장으로 선출해 주신다면 다른 종의 대표자들을 보다 많이 총회에 받아들일 계획입니다. 기름을 부으면서 휘저으면 마요네즈가 점차 뻑뻑하게 올라오는 것처럼 — 요리를 좋아하는 분들은 제 말만 들어도 이미지가 떠오를 거예요 — 점진적인 변화를 줄 생각이에요. 우선은 개들의 대표를 받아들이고 나서 조류, 어류, 곤충류의 대표까지 총회의 구성원으로 받아들일 겁니다. 그렇게 단계적으로 지구상에 존재하는 모든 생명체를 보다 공정하게 대변할 수 있는 총회 체제를 구축하려고 합니다. 여건이 무르익으면 식물의 대표도 받아들일 수 있겠죠. 물론, 여기 있는 로망 교수가 식물들의 의사 표현이 가능하게 장치를 개발해 줄 수 있다는 전제하에 말이에요.」

여기저기서 킥킥거리는 소리가 들린다.

내 말을 농담으로 받아들인 모양이다.

나는 개의치 않고 발언을 이어 간다.

「어쨌든 초기에는 인간이 총회의 다수를 차지할 것입니다. 현재로서는 인간이 이 세계에서 가장 힘 있고 영향력 있는 존재이니까요. 제가 의장이 된다면 고양이 지도자로서 인간들의 안전을 지키기 위해 최선의 노력을 다하겠다고 약속합니다.」

사람들이 다시 수군거리기 시작한다.

손이 하나 또 올라온다.

「모든 동물 종의 대표자를 점진적으로 총회에 받아들이는 게 당신 공약의 핵심이라고 밝혔는데, 그건 혹시…… 쥐까지 염두에 둔 말인가요?」

걱정했던 함정 질문이 드디어 나왔다.

나는 숨을 한 번 크게 들이마시고 나서 대답한다.

「원칙적으로는 그렇지만 당장은 아닙니다. 폭력을 사용해 다른 종을 지배하려는 종은 당연히 이 총회의 일원이 될 수 없어요. 물론 일부 〈현명한〉 쥐들이 우리의 지구 헌법을 수용한다면 못 받아 줄 이유는 없어요, 당연히 받아 줘야죠. 대표 자격을 부여할 겁니다. 토끼, 두더지, 다람쥐, 고슴도치와 똑같이 말이에요. 저는 모든 존재가 지구상에서 조화롭게 공존하기 위해서는 어떠한 예외도 있어서는 안 된다고 생각합니다. 인간이 〈싫어하는〉 동물이라고 해서 특정 종을 배제할 수는 없다는 뜻이에요. 모기, 파리, 빈대, 상어, 하이에나, 까마귀 대표들도 동등한 자격을 가져야 합니다.」

회의장이 다시 소란스러워진다. 나는 분위기가 차분해지길 기다렸다 다시 마이크를 잡는다.

「천성이 〈나쁜〉 동물은 없습니다. 지구 생태계의 조화를 수용하는 동물과 그렇지 않은 동물이 있을 뿐이요.」

히피족 대표가 손을 들고 질문한다.

「당신은 결국 우리가 다른 종을 먹지 않게 되기를 바라는 거예요? 비거니즘 말인가요?」

「그 말이 무슨 뜻인지 잘은 모르겠지만, 그것이 소의 가죽으로 신발을 만들지 말고, 돼지를 좁은 우리에 가둬 키우지 말고, 푸아그라를 만들기 위해 거위에게 강제로 먹이를 먹이지 말아야 한다는 의미라면, 그래요, 전 찬성이에요. 저는 우리가 지금과는 다른 방식으로 음식을 먹는 것을 제안합니다. 그렇게 되면 육식성 동물인 저도 정말 괴롭다는 걸 알아주셨으면 해요. 이 점에 있어서는 이디스 골드스타인과 그녀의 생물학자 동료들이 충분히 대안을 찾아내리라 믿습니다. 원료가, 음…… 시체가 아닌 다른 단백질원을 개발해 낼 수 있을 거예요.」

청중들이 즉각 적대적인 반응을 보인다. 괜히 인간들의 자연스러운 본능인 식탐을 건드렸다 선거에서 지는 게 아닐까?

인간들은 이 세계의 조화를 위해 햄버거를 포기할 존재들이 아닌데, 내가 전략적 실수를 저지르고 말았어.

이제 생각을 정리해 마무리 발언을 해야 한다.

「여러분께서 저를 이 총회의 의장으로 선출해 주신다면, 우리 모두가, 그리고 우리 아이들이 전쟁이 필요 없

291

는 평화와 소통의 세상에서 살 수 있게 최선의 노력을 다
하겠습니다. 모든 생명체가 지구와 조화를 이루며 살아
가기 위한 모든 조처를 하겠습니다.」

청중석에서 긍정적인 파동이 전해져 온다. 고개를 끄
덕이거나 환한 미소로 화답하는 사람들이 눈에 띈다.

이제야 저들이 내 뜻을 제대로 이해한 것 같아.

나는 이렇게 덧붙인다.

「제가 의장이 된다면 제일 먼저 자유의 여신상에 있는
혐오스러운 티무르의 두상부터 철거하겠습니다. 그 자리
에 용기와 희생정신을 보여 준 고양이 에스메랄다의 얼
굴을 끼우겠습니다. 그렇습니다, 의장인 제 얼굴이 아니
라 에스메랄다의 얼굴을 말이에요.」

이건 그녀를 위해 내가 당연히 해줘야 하는 일이야.

「자, 모든 후보자가 발표를 마쳤으니 이제 표결에 들
어가기로 하죠.」 힐러리 클린턴이 마이크 앞에 다가선다.
「일단 바스테트 후보부터 시작하겠습니다. 고양이 부족
대표의 발언에 동의하시는 분은 손을 들어 주시겠
어요…….」

103명 중 단 두 명이 손을 든다.

당연히 나까지 포함해 총 3표.

후보별 득표 수는 다음과 같다. 힐러리 클린턴 4표, 이

디스 골드스타인 5표, 성질 급한 말 7표, 로망 웰즈 8표, 마크 레이버트 14표, 요아힘 목사 18표 그리고 마지막으로 그랜트 장군 45표.

「그랜트 장군이 우리 총회의 새로운 의장으로 선출되었습니다. 다 함께 축하의 박수를 보냅시다.」전임 의장이 자존심 상한 티를 내지 않으려고 안간힘을 쓴다.

솔직히 참담한 기분이기는 나도 마찬가지다. 청중석에 앉아 있는 피타고라스가 귀를 옴직거려 내게 응원의 메시지를 전한다.

그는 이런 결과가 나올 줄 알면서 왜 날 말리지 않았을까.

어쨌든 나는 여전히 내가 가장 상식에 기반을 둔 정책을 내놓았다고 확신한다.

결국 인간들은 똑같은 실수를 반복하게 됐어. 과정이 달라지지 않으면 결과도 달라지지 않는다는 걸 스스로 깨달을 때까지 말이야.

인간들은 내 공약을 귀담아듣지 않았어.

내 겉모습, 내가 속한 종만 보고 나를 판단했기 때문이야.

그들은 애초에 내 발언의 내용 따윈 관심이 없어. 후보자가 가진 상징성에 투표할 뿐이야.

그랜트 장군을 뽑은 건 군인이 주는 안전의 이미지를 중시했기 때문이야.

당선을 확신했던 터라 실망이 이만저만이 아니다.

난 저들을 알아. 이제 그랜트 장군을 주인공으로 만들어 역사를 다시 쓰려 할 거야. 맨해튼에서 쥐들을 쫓아낸 것도, 미래 세계를 책임질 새로운 정부를 구성한 것도 그랜트 장군이라고 역사는 기록하게 될 거야. 보스턴 전투의 승리도 그의 업적으로 남게 되겠지. 반면 나는…… 내가 이 세상을 구하기 위해 한 모든 일은 시간이 가면서 잊히게 될 거야.

나탈리의 제안이 일리가 있다는 걸 이제야 알겠다. 그간 벌어진 일을 나 자신의 버전으로 후대에 기록으로 남기지 않는 한, 내가 이룬 모든 성취는 물거품이 되고 말 것이다. 내 생각들은 흔적도 없이 사라지고, 고양이들의 생각은 인간들을 흉내 내려 하는 하등한 동물 종의 생각으로 치부되고 말 것이다.

나에 대한 기억도 희미해지다 결국에는 사라지고 말겠지.

나는 나탈리의 어깨 위로 뛰어올라 귀에 대고 속삭인다.

「집사 말이 옳았어요. 말로 하는 소통에는 실패했으니

이제 글로 소통을 시도할 차례예요. 미래 세대에게 내 얘기를 들려줘야겠어요. 집사가 내 필경사가 되어 줘요.」

68

이집트 신 토트

고대 이집트에는 최초의 필경사라고 할 수 있는 토트 신이 있었다. 그는 언어를 발명하고 언어로 세상을 창조했다. 토트 신은 인간의 몸에 검은 털을 가진 따오기의 머리가 얹어진 모습으로 묘사된다.

소리를 내어 말하는 순간 사람이든 동물이든 사물이든 진정한 의미에서 존재하게 된다. 그는 자신이 말을 창조해 이룬 성과를 흡족히 여겨 글 또한 창조하기에 이르렀다.

토트 신은 이때부터 세상에 존재하는 모든 필경사들의 신이 되었다. 그는 지식과 지혜의 수호자이기도 했다. 이집트 신화에서 호루스가 삼촌인 세트와 싸우다 한쪽 눈을 잃어버렸을 때 찾아다 준 것도 역시 토트였다. 호루스의 눈은 혼돈에 대한 질서의 승리를 상징한다. 이 질서는 필경사에 의해 텍스트로 기록될 때만 존재할 수 있다.

『상대적이며 절대적인 지식의 백과사전』 제14권

69

에필로그

고양이 꼬마들, 그리고 인간 어린이들, (세상일은 모르는 거니까 언젠가 인간들이 이 글을 읽게 될지 어떻게 알겠어?) 지금까지 읽은 건 평범한 집고양이었던 내가 인류를 구하고 인간 세상 최고의 도시, 나아가 전 인류를 대표하는 부족들이 모인 총회의 의장이 될 뻔했던 순간까지를 기록한 이야기야.

무슨 얘기를 더 들려줄까?

음, 세상을 통치하려던 내 계획은 실패로 끝났어. 하지만 언젠가 반드시 그 꿈을 이루고 말 거야. 어차피 시간은 나처럼 생각하는 이들의 편이니까.

우리 모두는 소통하게 돼 있어. 아니, 소통하지 않으면 안 돼. 어떤 종으로 태어났든지 우리는 자신이 중요한 존재임을 깨달아야 해.

너희도 얼마든지 평범한 삶에서 벗어나 나처럼 고결한 야망을 가진 존재가 될 수 있다고 나는 믿어.

자신에 대한 믿음만 있으면 못 할 게 없어.

우리 각자의 정신 속에서 울리는 우주의 존재를 깨닫기만 하면 돼. (너희가 나처럼 가야 할 길을 알려 주는 이집트 여신의 이름으로 불리는 행운을 얻지 못해도 괜찮아. 자신감을 가져.)

이제 난 글을 읽을 수는 있어. 하지만 여전히 쓸 줄은 몰라. 그건 시간도 오래 걸리고 뼈를 깎는 노력이 요구되는 일이야. 너희도 알잖아, 인내심이 부족한 게 내 커다란 단점인 거.

「다 잘 받아 적었어요, 나탈리?」

「당연하지, 바스테트. 네 야옹 소리를 내 스마트폰에 빠짐없이 녹음해 놨어. 나중에 인간 언어로 옮겨 적기만 하면 돼.」

「고마워요, 집사.」

다들 읽었겠지만, 내 이야기는 순서대로 세 권의 책으로 쓰여 있어.

첫 번째 책은 평범한 암고양이 시절의 나, 역사와 과학에 눈을 뜨게 해준 피타고라스와의 만남 그리고 내가 시뉴섬에 세운 최초의 인간-고양이 연대 공동체에 대한 얘기야.

두 번째 책에는 보다 큰 공동체를 다시 시테섬에 만들게 된 사연, 내가 제3의 눈을 이식받게 된 과정 그리고 그걸 통해 인간의 지식에 접근하고 인간들과 소통에 이르게 된 이야기가 담겨 있어.

세 번째 책은 대서양을 건너와 낯선 땅에서 살아남기 위해 분투한 과정과 티무르의 쥐 군단을 무찌르기까지의 우여곡절에 대한 이야기야.

이 세 권의 회고록에서 과거의 이야기를 풀어 놓았으니 이제는 미래를 상상하는 게 내가 앞으로 해야 할 일이야.

「모름지기 여왕은 예언가가 되어야 한다고 당신이 말했었죠, 나탈리.」

「응, 나는 여전히 그렇게 믿어, 바스테트.」

티무르가 또다시 우리를 공격해 오는 비극을 막으려면 쥐를 포함한 세상 모든 존재들의 의식을 일깨워야 해.

내가 폴에게 했던 것처럼 쥐들의 의식을 변화시켜야 해. 그래서 그 변화가 다시 더 많은 쥐들에게 변화를 일으키도록 만들어야 해.

지식의 욕구에는 바이러스 같은 전염성이 있어. 배움의 중요성을 깨닫고 그 효과를 눈으로 확인하는 순간 자신도 혜택을 받고 싶어지지.

자, 이제 내가 만들려는 〈고양이 미래 세상〉에 대해 말해 줄게.

여왕의 자리에 올라 너희에게 인간 지식을 어느 정도 전파하고 나면, 그때부터는 기술 혁명을 이룰 생각이야. 고양이 자동차, 고양이 비행기, 고양이 로켓을 개발할 거야.

우리 고양이들의 일상도 지금과는 완전히 달라질 테니까 기대해. 고양이 식당, 고양이 영화관, 고양이 컴퓨터가 만들어질 날이 머지않았어.

어쩌면 우린 네발이 아니라 두 발로 걷게 될지도 몰라. 신발을 신고, 털옷 위에 옷을 한 겹 더 걸치게 될지도 몰라.

식단도 얼마든지 다양해질 수 있어. 우리가 잡식성이 되는 게 불가능할 것 같다고? 일단 한번 시도해 보는 거야. 마음대로 되지 않으면 이디스 골드스타인한테 크리스퍼 기술로 우리 DNA를 살짝 편집해 달라고 해볼 수도 있고.

난 너희 모두에게 제3의 눈을 만들어 줄 생각이야. 일단은 내 아들과 내 친구들부터 시작해 수술 대상을 모든 고양이로 확대할 거야.

그렇게 되면 우리 모두가 서로에게 접속 가능한 상태가 되는 거야.

그런 다음 나는 내가 꿈꿔 온 방식으로 세상을 통치할 거야. 지구상의 모든 존재가 마침내 조화를 이루며 살아가는 세상을 만들 거야.

그 세상은 우리 모두가, 그리고 다음 세대가 염원하는 세상이 될 거야. 내가 꿈꾸는 미래. 고양이의 행복이 가득한 세상.

감사의 말

아멜리 앙드리외, 바네사 비통, 조나탕 베르베르, 비비안 페레, 실뱅 팀시트, 제레미 게리노, 질 말랑송, 뱅상 바기앙, 파트리크 보, 프랑크 페랑, 세바스티앵 테스케, 멜라니 라주아니, 동물 언어 전문가 래티시아 바를랭 그리고 갸르룽 세러피 발명가 장이브 고셰에게 고마움을 전합니다.

새 책이 나올 때마다 응원과 격려를 아끼지 않는 편집자 카롤린 리폴과 알뱅 미셸 출판사 편집부에게 고마움을 전합니다.

그리고 물론, 편집자 리샤르 뒤쿠세와 프랑시스 에메나르, 질 에리에게도 진심으로 감사의 마음을 전합니다.

이 소설을 쓰는 동안 들었던 음악

— 요한 제바스티안 바흐의 「하프시코드 협주곡 제1번 D단조」, 「토카타와 푸가」

— 레드 제플린의 「천국으로 가는 계단Stairway to Heaven」, 「카슈미르」

— 볼프강 아마데우스 모차르트의 「레퀴엠」

— 샤를 구노의 「아베 마리아」

— AC/DC의 「선더스트럭」

— 우드키드의 「아이언」, 「볼케이노」

— 영화 「시계태엽 오렌지」 삽입곡들: 웬디 카를로스, 로시니, 베토벤의 음악들

— 안토니오 비발디의 「사계」

— 마리아 칼라스가 부른, 빈첸초 벨리니의 오페라 「노르마」 중 아리아 「정결한 여신」

—피터 가브리엘의 앨범 「버디」에 수록된 「버디의 비행Birdy's Flight」

　— 한스 치머가 작곡한 영화 「인터스텔라」의 사운드 트랙

옮긴이의 말

『행성』은 스페인 독감 이후 인류에게 가장 위협적인 바이러스가 출현한 뒤인 2020년 가을 프랑스에서 출간되었다. 작가가 집필을 마무리했을 그해 봄이 우리가 막 터널로 들어섰을 때여서 그랬는지 작품 곳곳에 바이러스의 흔적이 깊이 남아 있다. 2016년과 2019년에 각각 발표된 고양이 3부작의 『고양이』와 『문명』에 비해 대멸망 이후의 세계는 한층 더 폭력적으로 그려지고 세상을 점령한 쥐 떼와 싸우기 위해 주인공들이 고민하는 해법 역시 보다 구체적이고 현실적으로 제시된다. 서사에서 인간이 차지하는 비중이 커진 것 또한 달라진 점이다. 이번 작품은 내용상 전작들과 이어지긴 하지만 독자들은 새로운 땅을 무대로 펼쳐지는 고양이 바스테트의 새로운 모험담으로 읽어 주면 좋겠다.

이번 소설의 배경은 뉴욕 맨해튼이다. 같은 해 발표된 초단편 「호모 콘피누스」에서 지하 세계에 격리된 신인류를 출현시킨 바 있는 작가가 지상을 점령한 쥐들에게 쫓겨 고층 빌딩들에 고립된 〈공중 인류〉를 선보이기에 뉴욕만 한 도시가 없었을 것이다. 바스테트 일행은 미국에서 강력한 쥐약이 개발됐다는 소식을 듣고 대서양을 횡단해 뉴욕에 도착한다. 그러나 눈앞에 드러난 신대륙은 부족 전쟁으로 폐허가 되어 있고, 뉴욕은 쥐들이 지배하고 있다. 그렇다면 대멸망을 겪고 살아남은 소수의 인간들은 이전과 달라져 있을까. 종간 소통이라는 원대한 꿈을 가진 고양이 바스테트의 눈에 비친 그들은 여전히 자기들끼리도 소통할 줄 모르는 존재들이다. 〈인간들 입에서 나오는 건 소통의 소리가 아니라 소음이야. 그들은 서로를 이해하기 위해서가 아니라 파괴하기 위해서 말할 뿐이야.〉 작가는 인간 생존자들이 구성한 임시 내각의 좌충우돌을 고양이의 눈으로 바라보면서 정치 전반과 민주주의, 이민자 문제, 인종 갈등, 성 평등, 광신주의 등을 풍자적으로 다룬다.

『행성』(원제 〈고양이 행성〉)은 제목에서부터 지구 행성의 지속 가능성에 대한 작가의 고민이 담겨 있다. 이 주제는 베르베르 작품 세계를 이루는 큰 축 중 하나로,

그는 『파피용』과 『제3인류』에서 이미 파국을 맞은 지구의 인간 문명을 다룬 바 있으며 가장 최근에 발표한 소설 『꿀벌의 예언』 역시 임계점에 도달한 지구 생태계의 현실을 소재로 삼고 있다. 작가는 주인공인 바스테트의 입을 빌려 우리에게 경고한다. 〈우리가 지금의 삶의 방식을 바꾸지 못하는 한, 쥐가 아니더라도 다른 동물이 분명히 우리를 공격해 올 것입니다.〉

이번 신작에는 특히 전직 과학 기자인 작가의 지식과 통찰력이 엿보이는 부분이 많다. 일종의 유전자 가위인 크리스퍼 기술을 비롯한 최신 연구 성과들이 소설적 상상력과 맞물려 작품에 흥미를 더한다. 소설 속에 등장하는 쥐의 간을 파괴하고 뇌를 손상시키는 바이러스가 당장 실험실에서 개발될 수도 있다는 생각이 든다. 문제는 이런 기술을 누구를 위해 어떻게 쓰느냐인데, 지금 동유럽에서 벌어지고 있는 잔인한 전쟁을 떠올리면 걱정이 되지 않을 수가 없다.

『행성』은 고양이 3부작을 완결한 작가에게도 그렇겠지만 번역가인 내게도 뜻깊은 책이다. 2018년 『고양이』를 번역할 때 처음 만나 바스테트라는 이름을 붙여 준 서촌의 길고양이가 『행성』을 작업하는 동안 집으로 들어와 새로운 가족이 되었다. 앙다문 듯한 바스테트의 입매를 보면서 우리의 도도한 주인공 바스테트를 비슷한 모습으로 상상하는 것은 즐거운 일이었다. 고양이 폐하의 필경사가 되어 야옹 소리를 한 자 한 자 우리말로 옮긴 지난 몇 달 동안 나는 혼잣말처럼 이렇게 중얼거리곤 했다. 내가 꿈꾸는 세상. 고양이의 행복이 가득한 세상.

2022년 5월

전미연

옮긴이 **전미연** 서울대학교 불어불문학과와 한국외국어대학교 통번역대학원 한불과를 졸업했다. 파리 제3대학 통번역대학원 (ESIT) 번역 과정과 오타와 통번역대학원(STI) 번역학 박사 과정을 마쳤다. 한국외국어대학교 통번역대학원 겸임 교수를 지냈으며 현재 전문 번역가로 활동 중이다. 옮긴 책으로는 베르나르 베르베르의 『상대적이며 절대적인 지식의 백과사전』(공역), 『문명』, 『심판』, 『기억』, 『죽음』, 『고양이』, 『잠』, 『제3인류』(공역), 『파피용』, 『만화 타나토노트』, 에마뉘엘 카레르의 『리모노프』, 『나 아닌 다른 삶』, 『콧수염』, 『겨울 아이』, 카롤 마르티네즈의 『꿰맨 심장』, 아멜리 노통브의 『두려움과 떨림』, 『배고픔의 자서전』, 『이토록 아름다운 세 살』, 기욤 뮈소의 『당신, 거기 있어 줄래요?』, 『사랑하기 때문에』, 『그 후에』, 『천사의 부름』, 『종이 여자』, 발렝탕 뮈소의 『완벽한 계획』, 다비드 카라의 『새벽의 흔적』, 로맹 사르두의 『최후의 알리바이』, 『크리스마스 1초 전』, 『크리스마스를 구해 줘』, 알렉시 제니 외의 『22세기 세계』(공역) 등이 있다. 〈작은 철학자 시리즈〉를 비롯한 어린이책도 여러 권 번역했다.

행성 2

발행일 2022년 5월 30일 초판 1쇄
2022년 6월 3일 초판 3쇄

지은이 베르나르 베르베르
옮긴이 전미연
발행인 홍예빈·홍유진
발행처 주식회사 열린책들

경기도 파주시 문발로 253 파주출판도시
전화 031-955-4000 팩스 031-955-4004
www.openbooks.co.kr

Copyright (C) 주식회사 열린책들, 2022, *Printed in Korea.*
ISBN 978-89-329-2237-9 04860
ISBN 978-89-329-2235-5 (세트)